Ingrid Weißmann

ROTLICHT, BLAULICHT UND HENRIKE

VERLAG
KADERA

Ingrid Weißmann

ROTLICHT BLAULICHT UND HENRIKE

1970 auf Hamburgs
sündiger Meile
– ein Krimi

VERLAG
KADERA

Weißmann, Ingrid:
Rotlicht, Blaulicht und Henrike
1970 auf Hamburgs sündiger Meile – ein Krimi

1. Auflage 2020
ISBN: 978-3-9482218-14-0

Dieses Buch ist auch als E-Book erhältlich und kann über den Handel oder über den Verlag bezogen werden.
E-Book: ISBN: 978-3-948218-15-7

Lektorat/Korrektorat/Layout: Günther Döscher
Umschlaggestaltung: Annelie Lamers
Bildnachweise: Reeperbahn/Café Keese: ©2416, www.hamburg-bildarchiv.de;
Polizeiauto: © Markus Bormann/stock.adobe.com;
Bildstruktur und Schrift: Designed by pikisuperstar/freepik.com
Dienstgradabzeichen: privat Ingrid Weißmann

Die Deutsche Nationalbibliothek verzeichnet diese Publikation in der Deutschen Nationalbibliografie; detaillierte bibliografische Daten sind im Internet über https://portal.dnb.de abrufbar.

Der Kadera-Verlag ist ein Imprint der Bedey Media GmbH, Hermannstal 119k, 22119 Hamburg, und Mitglied der Verlags-WG: www.bedey-media.de/verlags-wg/

---

www.kadera-verlag.de
Gedruckt in Europa

Inhalt

Für Leo und Susan

***

Danke für Rat und Tat

an Ralph Bahnsen, Polizeikommissariat 15;
Thorsten Gary vom Duo Graceland;
Johanna Kastendieck für die Übersetzungen
ins Plattdeutsche;
Thomas Metelmann, Autor und Fotograf;
Waldemar Paulsen, Autor;
Hannes Priesterjahn, Musiker;
Klaus Püschel, Rechtsmediziner, Autor;
Günter Zint, Fotograf und Kiezkenner
und an die Helfer im Polizeimuseum Hamburg.
Danke an Günther Döscher
für das Lektorat und mehr.

Das Jahr 1970

Das Jahr 1970 steht im Zeichen einer neuen Entspannungspolitik zwischen der BRD und der DDR. Nach dem Moskauer Vertrag am 12. August wird nach langen Verhandlungen am 7. Dezember der Warschauer Vertrag unterzeichnet. Geschichtliche Bedeutung erlangt nach der Unterzeichnung der Kniefall von Bundeskanzler Willy Brandt in Warschau vor dem Denkmal für die Opfer des Ghettos.

Auf abenteuerlichen Wegen versuchen DDR-Bürger, die Grenzanlagen in Richtung Westen zu überwinden. 1970 sterben allein an der Berliner Mauer neun Menschen bei ihrem Fluchtversuch.

In Bonn, der Bundeshauptstadt, ist Gustav Heinemann amtierender Bundespräsident.

Mit einer Grundgesetzänderung setzt die Regierung das Wahlalter herab. Mit 18 Jahren darf man wählen, mit 21 Jahren gewählt werden.

Im Mai gelingt Ulrike Meinhof mit Verbündeten die Befreiung von Andreas Baader aus der Haft. Die Rote Armee Fraktion wird gegründet, die das Land mit Überfällen und Morden überziehen wird.

Bei der Fußball-WM wird Brasilien am 21. Juni Weltmeister; Deutschland erringt mit Uwe Seeler den dritten Platz.

Paul McCartney gibt im Mai die Trennung der *Beatles* bekannt. Die britische Rockband *Queen* wird gegründet. Komponist und Leadsänger ist Freddie Mercury. Bekanntester Song: *We Are The Champions.* Im September geht Elvis Presley zum ersten Mal nach 1958 wieder auf Tournee. Jimi Hendrix stirbt am 18. September mit 27 Jahren, vermutlich an einer Alkohol- und Tablettenvergiftung, im Oktober stirbt Janis Joplin im gleichen Alter an einer Überdosis Heroin. In den Charts brilliert *Led Zeppelin* u.a. mit *Immigrant Song.* Beim Grand Prix Eurovision de la Chanson, heute kurz ESC (Eurovision Song Contest), erreicht Katja Ebstein mit dem Beitrag *Wunder gibt es immer wieder* den dritten Platz.

Der Literaturnobelpreis geht an Alexander Solchenizyn. Der biografische Roman *Der geschenkte Gaul* von Hildegard Knef erreicht Platz zwei der Bestsellerliste.

Die Filmbranche erfüllt fast jeden Wunsch, von Filmen mit Heintje über Bud Spencer bis zum Schulmädchen-Report. Am 29. November wird der erste *Tatort* von der ARD ausgestrahlt: *Taxi nach Leipzig,* mit Walter Richter als Kommissar Trimmel.

Es ist die Hoch-Zeit der sexuellen Befreiung, der Selbstverwirklichung, der Hippie-Kultur. Im August propagieren 500 000 Hippies (Blumenkinder) in Woodstock im US-Bundesstaat New York freie Lebensformen.

Bei Problemen erhalten Jugendliche Rat von Dr. Sommer. Diese Rubrik in der BRAVO besteht aus einem Team von Fachleuten, die wöchentlich 3000 bis 5000 dringende Fragen zur Aufklärung per Post beantworten.

Hotpants und Minirock bestimmen die Mode der Frauen, als Kontrast dazu tragen die Männer Schlaghosen und Dauerwellen.
1970 ist das Geburtsjahr von André Agassi und Claudia Schiffer, von Mariah Carey und Roger Cicero.

Beliebte Vornamen: Nicole, Claudia, Susanne, Michael, Stefan, Markus ...

Drei Konstante bleiben:
1. Krieg, 2. Prostition, 3. Verbrechen.

- 1 -
Davidwache

Henrike packt ihren Koffer. Länger kann sie es nicht mehr hinauszögern. Stapelt Wäsche und Kleidung ungeordnet übereinander, schließt ihn mühsam, als er schon überfüllt ist. Kulturbeutel, Turnschuhe und Schreibmappen stopft sie in zwei Plastiktüten. Ein letztes gemeinsames Mittagessen im Wirtschaftsgebäude, danach haben sich alle aus ihrer Lehreinheit verabschiedet. Auch Anne, mit der sie ein Jahr zusammen in einem Zimmer untergebracht war, ist längst gegangen. Henrike ist allein in der Unterkunft der Schülerinnen. Ihr Ausbildungsjahr in der Polizeischule in Hamburg-Alsterdorf ist zu Ende.

Sie müsste jetzt gehen, aber alles in ihr wehrt sich. Ein Jahr als Polizeianwärterin, PAWin Siebert – ein schönes Jahr …

Jetzt ist sie Oberwachtmeisterin, POWin. Die Ernennungsurkunde mit Datum 1. Oktober 1969, überreicht vom Polizeipräsidenten, steckt irgendwo in einer Mappe. Sie hat ein Zimmer nördlich von Hamburg in einem Einfamilienhaus gemietet, bei einer Witwe, im Erdgeschoss, darf Bad und Küche mitbenutzen. Von Alsterdorf kann sie mit der U-Bahn fahren, bis Garstedt. Die Station wurde am 30. Mai feierlich eröffnet. Kein

Weltuntergangsdatum, wie sie als Kind dachte, nur die Station liegt unterirdisch. Von dort aus fährt die Alsternordbahn – ANB – in Richtung Ulzburg-Süd, über Friedrichsgabe-Dorf – ihr Ziel.

»Da kannst du nur mit aufgeklapptem Messer in der Tasche auf die Straße gehen«, muss sie sich anhören. Alle in der Runde lachen.

»Das ist idyllisches Schleswig-Holstein«, erklärt sie unwillig, »mit guten Verbindungen nach Hamburg. Da gibt es noch Wiesen und Bäume und die Mieten sind günstiger. So mancher Hamburger wird sich das wünschen.«

Niemand glaubt ihr. Aber sie weiß es. Und sie weiß, dass sie ohne die anderen in ihrer Klasse allein sein wird.

Hajo, das ganze Jahr hindurch ihr liebster Mitschüler, schaut durchs Fenster. »Wie willst du all deine Sachen denn mit der Bahn nach Friedrichsgabe bekommen?«

»Gar nicht. Mir doch egal. Ich will lieber mit den Jungs rüber zur Bereitschaftspolizei.«

»Quatsch, Henrike. Frauen haben eine andere Ausbildung. Komm jetzt, ich fahr dich hin.«

Zögerlich reicht sie ihm die Plastiktüten durchs Fenster, danach ihr Philetta-Radio mit dem zerbrochenen Gehäuse, vorsichtig in ein Badetuch gewickelt, in einer Extratüte, fasst mit der linken Hand den Koffergriff, mit der rechten den Topf mit dem kleinen Kaktus, und verlässt die Unterkunft.

Gemeinsam verstauen sie die Sachen in Hajos kleinem Fiat. Sanft schiebt er Henrike auf den Beifahrersitz, setzt sich hinters Lenkrad und startet das Auto.

»Warum kann ich denn nicht hierbleiben?« Sie schnieft in ihr Taschentuch.

»Sei doch froh. Ich würde lieber gleich auf einer Wache arbeiten, so wie du, aber ohne zwei Jahre bei der Bereitschaftspolizei geht das nicht. Randalierende Demonstranten abwehren, schreiende Teenies zurückdrängen, Gebäude schützen, wie langweilig. Und du glaubst doch nicht, dass die 68er-Studenten Ruhe geben.«

Die Polizeischülerinnen haben sich aussuchen dürfen, auf welcher Wache sie nach dem Jahr in der Schule Dienst machen wollen: in der Davidwache auf Sankt Pauli oder in der Wache Sankt Georg an der Kirchenallee. Zwei Stadtviertel in Hamburg, nach Heiligen benannt, aber turbulent. Es gibt nur diese beiden Dienststellen für die 45 Beamtinnen der Weiblichen Schutzpolizei – kurz WP –, zuständig für ganz Hamburg. Seit 25 Jahren in der Bundesrepublik die einzigen Frauen in Polizeiuniform. Darauf sind sie stolz, von der Leiterin bis zur Polizeischülerin.

»Natürlich will ich in die Davidwache«, hat sie vor Wochen noch mutig verkündet. Jetzt ist es soweit. Warum ist sie nicht als Krankenschwester im AK Heidberg in Langenhorn geblieben? Der Dienst im Rotlichtviertel, wie würde er sein? Real eben, nicht verfälscht oder verherrlicht dargestellt wie in Filmen, Krimis oder Zeitungsartikeln.

Jetzt schmunzelt sie doch, weil ihr gerade etwas einfällt: »Als wir Polizeianwärterinnen in Privatklamotten vor der Davidwache aus der *Grünen Minna* der Fahrbereitschaft ausstiegen, um unseren zukünftigen Arbeitsplatz anzuschauen, kam so ein Sankt-Pauli-Unikum vorbei und höhnte: ›Haben sie euch endlich erwischt! Kein Bockschein, oder was?‹«

»Das habt ihr bestätigt?«

»Klar, und dazu ein Büßergesicht aufgesetzt.«

Hajo biegt inzwischen in die Alsterkrugchaussee nach rechts ein und fährt die Langenhorner Chaussee hoch. Kein Stau. Nach der Straße Am Ochsenzoll sind sie schon in Schleswig-Holstein.

»Hier gibt es ja gar keine Zollsperren. Ochsen auch nicht.« Hajo grinst.

»Aber noch das kleine Zollhaus an der Ecke Segeberger Chaussee. Und es passiert schon mal, dass eine Kuh auf den Gleisen der U-Bahn steht.«

Die Ulzburger Straße ist gut sieben Kilometer lang und endet am SOS-Kinderdorf. So weit nach oben müssen sie aber nicht.

»Hier musst du abbiegen«, sagt sie und weist nach links auf die Quickborner Straße. Auf der südlichen Ecke steht eine Strohdachkate, gegenüber Wenzels Gasthof. Sieht geschichtsträchtig aus. Kurz vor der ANB-Haltestelle Friedrichsgabe-Dorf ist eine Baustelle. Hajo parkt davor, und sie schleppen Koffer und Tüten um die Absperrung herum, den Topf mit dem Kaktus obendrauf. Vor einem Backsteinhaus, einst das Wohnhaus eines Bauernhofs, stellen sie alles ab.

Hajo hat es eilig. »Wir sehen uns dann beim Fachunterricht der Bereitschaftspolizei. Ich muss gleich zurück. Du schaffst das jetzt allein, versprich mir das, Henrike.«

Sie nickt, trägt alles in ihr gemietetes Zimmer, wirft sich aufs Bett und will ihre triste Bleibe gar nicht sehen.

*

Henrike schreckt auf. Haltestelle Sankt Pauli. Sie muss aussteigen. In Gedanken war sie weit weg. Drei Monate ist das jetzt her. Sie hat sich an den Arbeitsweg, den Schichtdienst und auch an die erfahrenen Kolleginnen gewöhnt. Vielleicht hat sie heute Zeit, um ihre Berichte zu tippen. So, dass ihre Vorgesetzte damit zufrieden ist. Sie stapft die Stufen der U-Bahn-Station nach oben. Durch graue Wolken ist das Bismarckdenkmal zu erkennen. Versteinert blickt der alte Reichskanzler in Richtung Reeperbahn. Das Treiben scheint ihm nicht zu gefallen.

Henrike, nun POWin Siebert, hat heute Tagesdienst: allein zuständig für hilflose Frauen, verirrte Kinder, aufgegriffene Mädchen. Nicht nur für Sankt Pauli, sondern für eine Hälfte der Freien und Hansestadt Hamburg. Für die andere Hälfte ist die Dienststelle Sankt Georg zuständig. Was kann da alles passieren. Sie vermeidet es, über das Ausmaß nachzudenken, dann ist es weniger kompliziert. Für Tage, an denen andere gern feiern, werden die neuen Kolleginnen bevorzugt auf dem Dienstplan eingetragen. Und an diesem Tag ist Silvester.

Henrike geht die Reeperbahn hinunter, weicht einem torkelnden Grünschnabel aus, umkreist einen Pappteller mit Senfresten. Triste Morgenruhe mit erotischer Werbung für die nächste Nacht. Immer noch dieselben Busen und Kehrseiten in denselben Dessous. Zieht Frau nur an, um sie wieder auszuziehen, nach erfolgreicher Wirkung. Der Anblick der nackten Haut lässt sie noch mehr frieren. Sie schiebt die Hände in die Ärmel ihres Wintermantels. Geht dann links über den Zebrastreifen direkt auf die Davidwache am Spielbudenplatz zu. Das Sankt-Pauli-Theater daneben ruht sich aus von der Weihnachtsmärchen-Saison, scharenweise besucht von Kindern mit ihren Großmüttern.

Zwei Peterwagen aus benachbarten Revieren stehen vor der Wache. Sieht nach Trubel aus. Neun Steinstufen führen hinauf zum Wachraum, immer eine Herausforderung für die Kollegen mit störrischen Kunden, egal, ob rauf oder runter. Rechts ist der Eingang. Vertraut klackt die Tür beim Öffnen. Sie begrüßt die Kollegen im Vorbeigehen und steigt die dunkle Holztreppe hinauf. Im Pausenraum ist die Nachtschicht in

Feierabendstimmung. Einer erzählt von einer nächtlichen Keilerei. Es riecht nach frischem Kaffee, vermischt mit Zigarettenrauch. Dann ist sie oben in den Aufenthaltsräumen der WP.

Sie hängt das Private in den schmalen Spint im Umkleideraum, zieht das Dienst-Oberhemd an, dann den engen dunkelblauen Rock mit den zwei Gehfalten, die Jacke mit den Perlmuttknöpfen und schlüpft in die allzu soliden Dienstschuhe. Sie hasst die Blockabsätze.

Nur noch die Krawatte. »Mist!« – aufgezogen. Sie muss sie neu binden. Dazu fehlt ihr jetzt die Zeit. Sie schaut vom Flur aus nach nebenan. Nur Herrmann ist noch da. Er kennt das schon von ihr, bindet die Krawatte neu, lächelt ganz nah.

Herrmann. Sein Name klingt bieder und altmodisch. Was haben sich seine Eltern dabei gedacht? Nichts. Tradition. So hieß schon der Großvater, so heißt sein Vater. Herrmann Wittorf. Aber bieder? Das ist Herrmann keineswegs, er ist charmant, sportlich, mit dunklen Haarschopf, etwas länger als die Polizei erlaubt. Er könnte mit einem französischen Filmstar oder einem britischen Pop-Idol konkurrieren, so eine Mischung aus Alain Delon und Paul McCartney. Die Kollegen nennen ihn Manni, Beatle-Manni. Er überragt seine Kollegin um eine Kopflänge und kann wie die anderen auf sie herabsehen.

Henrike hat nicht mal die vorgeschriebene Mindestgröße von einem Meter sechzig, zwei

Zentimeter haben sich bei der Messkontrolle hinzugemogelt.

Zurück im WP-Umkleideraum, zieht sie den ungeliebten Stewardesshut aus dem Schrank. Kein Einsatz ohne Hut. Dann geht sie zurück ins Erdgeschoss.

Hilde ist mit Feudel und Eimer im Einsatz, wischt um den Ersten Wachhabenden herum. »Mensch, schmeißt die Kippen doch nicht immer auf den Fußboden, das gibt Brandflecken«, schimpft sie.

Niemand hört ihr zu. Die neue Schicht ist da, frisch rasiert, in glatten Hemden.

»Ein Wetter fürs Bett, zum Kleine-Kinder-Machen«, sagt einer. Alle schauen Henrike an und grinsen. Karl zieht gewissenhaft mit Stift und Lineal neue Striche ins Arrestanten- und Asservatenbuch und trägt die laufenden Nummern ein.

Henrike lässt sich nicht aufhalten und geht ins Dienstzimmer der Weiblichen Schutzpolizei rechts am Ende des langen Flurs.

Der Raum ist ausgefüllt mit drei zusammengeschobenen Schreibtischen, zwei längs, einer quer davor. An der Wand links und rechts zwei Regale für Akten und Berichte. Der Blick durchs Fenster geht auf die Davidstraße.

Ihre Kollegin kurbelt ein beschriebenes Blatt aus der überalterten Schreibmaschine. Eine Adler Olympia, deren Tasten einen unvorstellbar langen Weg vor sich haben, bevor sie einen Buchstaben aufs Papier bringen, und viel zu oft den falschen. Die Geduld ist am Ende, wenn ein Bericht schnell fertig sein muss. Der Verbrauch von Tipp-Ex bei fünf Durchschlägen ist rekordverdächtig.

»Wie war die Nacht, Anne?«

»Erträglich, nichts Schwieriges, eine hilflose Frau, ziemlich angetrunken. Ist niemand mehr im Durchsuchungsraum.«

Dann ist sie schon fort. Auf dem Nachhauseweg wird sie in der U-Bahn einschlafen und sich damit dem Verdacht aussetzen, eine Nachtschwärmerin zu sein.

*

Die Not hat ein Ende! Die Zeit der Dorfmusik ist vorbei! Die hochgehaltene Seite der Zeitung zeigt ein signalfarbenes Plakat vom 13. April 1962. Kollege Manni liest in der Pause einen Artikel über den Star-Club. Gerade mal sieben Jahre hat sich der beliebte Beat-Club in der Großen Freiheit behaupten können. In der heutigen Silvesternacht wird er für immer schließen und einem Erotik-Nachtlokal weichen.

Für die Beatles in ihren Anfängen fehlte Henrike das Interesse, aber die Auftritte von Ray Charles und Chubby Checker im Star-Club hat sie erlebt. Und das Gastspiel von Jerry Lee Lewis für nur drei Mark Eintritt. Perfekt, wie der seinen Klavierhocker mit dem Fuß rückwärts über die Bühne schleudern konnte und dazu rasend schnell die Finger über die Tasten bewegte.

Wenn die Songs aus dem Star-Club zu Schallplatten wurden, musste Henrike sie haben. Was vom Monatsgehalt übrig war, wurde für Singles ausgegeben – für den *Yesterday Man* von Chris Andrews, für *The sun ain't gonna shine anymore* von den Walker Brothers … *The tears are always clouding your eyes, when you're without love.*

Wie wahr.

Um Mitternacht ist es aus und vorbei mit dem Star-Club, exakt zum Beginn des neuen Jahres.

»Hast du Jimi Hendrix gesehen?«, fragt Manni.

»Nein, verpasst. Aber manchmal war ich in den Konzerten von Tony Sheridan, bis er nach Vietnam ging, und bei den Rattles.«

»Du wärest sicher gern dabei, in der letzten Nacht.« Manni kann Gedanken lesen, hat selbst seine Rockphase erlebt.

»Na klar. Meine Freundinnen waren nicht für die letzte Nacht im Star-Club zu begeistern. Sie gehen zu privaten Silvesterpartys. Wie langweilig.« Henrike ist staunt selbst über ihre Kritik.

Manni schaut auf. »Frag mich doch mal.«

Mut zahlt sich aus, spürt Henrike, weiter so.

»Okay, nach Dienstschluss? Umziehen und los?«

»Ja, freu mich.«

Dann schaut ein Kollege in den Aufenthaltsraum und sagt leise zu Manni: »Da will ein Herr Meier, so eine Adonis-Imitation, was vorzeigen, aber nur dir.«

Henrike hört Mannis Bemerkung: »Na, das hat jetzt aber ziemlich gedauert.«

Im Vorbeigehen schaut sie auf den Mann. Mitte dreißig, mit mittelblonder Lockenmähne, er hat am trüben Silvestertag auf seine Ray-Ban-Brille nicht verzichten wollen. Ein vorsorglicher Schutz gegen leuchtendes Feuerwerk oder wovor immer es sich zu schützen gilt.

»Ihren Ausweis brauche ich noch mal, Kraftfahrzeugschein und Führerschein«, sagt Manni.

Der Mann greift in die Innentasche seiner Lederjacke und Manni fasst reflexartig dahin, wo seine Waffe steckt. Wissen kann man nie, was so einer vorhat. Die Brieftasche kommt zum Vorschein. Herrmann, der Polizeimeister Herrmann Wittorf, notiert die Personalien, das Autokennzeichen, die Daten des Führerscheins, übergibt dann den Autoschlüssel und wünscht unfallfreie Fahrt und guten Rutsch. Ob das zusammenpasst, ist ihm egal.

Es bleibt ruhig und Henrike tippt Berichte. Das Telefon schweigt, die Behörden haben geschlossen. Die Nachtschwärmer schlafen vorbeugend, um in der langen Nacht munter zu bleiben. Eben hat sie die Mitteilung an eine Fürsorgerin beendet, da kommt Manni ins Dienstzimmer, stellt ihr einen Becher Kaffee und einen Berliner neben die Schreibmaschine.

»Spende eines dankbaren Kunden«, erklärt er, »für eine kostenlose Heimfahrt nach Ottensen. Er lag damals als Schnapsleiche auf der Straße. Ist ja etwas unruhig, da zu schlafen, und überhaupt nicht kuschelig.«

Ob das jetzt stimmt?

Doch Manni lächelt. Ein Blick aus braunen Augen, der sich bei Henrike anfühlt wie sanftes Streicheln.

Dann kommt die Kollegin für den Nachtdienst, um sie abzulösen. Dienstschluss für Henrike. Sie wünscht ihr eine Nacht ohne einen Irren, der Knallkörper in die Wache schmeißt und ohne eine Obdach suchende Ehefrau. Sie geht nach oben und zieht sich um. Fährt sich mit den Händen durch die kurzen, blonden Haare. Muss so gehen. Toupierte Haare hat ihr die Ausbilderin in der Polizeischule abgewöhnt. Ein wenig Make-up muss sein. Reserve ist im Schrank, sollte ein besonderer Einsatz das Anmalen erfordern.

»Muss ich die Krawatte umlassen?«, ruft Manni aus dem Umkleideraum.

Da steht Henrike schon da. »Ach was. Damit dich jeder schon an der Krawatte als Polizist erkennt?«

»Na, die Beatles und die Walker Brothers und wie sie alle heißen, kenne ich von Fotos nur mit Schlips.«

»Wir gehen doch nicht zu einer Beerdigung.«

Aber so was Ähnliches ist es schon.

Herrmann trägt Bluejans. Manchmal verpönt und verhöhnt als Arbeitshose. Oder schon Kult?

Henrike gefällt's. Protest gegen Muff. So sehen es die aufmüpfigen Studenten und alle, die gern mal das Mobiliar einer Ernst-Merck-Halle in einen Trümmerhaufen verwandeln.

Sie verlassen die Wache. Können alle gern wissen, dass sie jetzt gemeinsam Silvester feiern. Nur kein Neid. Beide wünschen den Kollegen eine angenehme Nacht. Die feixen hinterher: »Danke, ebenfalls!«

Die Reeperbahn entlang kriechen Taxen, so viele, als wäre irgendwo ein Nest. Auch für die Taxifahrer ist Dienst bis zum Morgengrauen angesagt.

»Ist das gut, wenn Polizisten den Kiez erleben wollen? So privat? Ist das überhaupt erlaubt?«, fragt Henrike und beißt in ein Frikadellenbrötchen.

»Klar, Fortbildung, Milieustudien. Wir sollten die Rechnungen bei der Besoldungsstelle einreichen«, schlägt Manni vor.

»Lohnt sich nicht, bei einem belegten Brötchen für zwei Mark. Eine Cola im Star-Club kostet noch weniger.«

Dann schlendern sie über die Große Freiheit. Manni legt den Arm um Henrikes Schulter, sie genießt es. Beide sind erwartungsvoll und froh, außer Dienst zu sein. Wie viele andere, die das Palais d'amour und andere Strip-Clubs füllen.

Über dem Eingang vom Star-Club hängt die Tafel mit den Namen aller, die dort jemals aufgetreten sind. Darüber prangt der gelbe fünfzackige

Stern mit dem Schriftzug *Star-Club*. Nicht nur sie bleiben erst mal stehen und lassen die Namen auf sich wirken. Und alle sind traurig.

Drinnen ist es, wie sie es erwartet haben: voll, laut, hämmernde Rhythmen, flackerndes Licht. Jung sind die Fans. Ab Mitte zwanzig gilt man hier als scheintot. Die Sitzreihen, die Stufe für Stufe zur Bühne hin abfallen, sind alle besetzt. Es ist ein ständiges Kommen und Gehen.

Wie lange ist sie nicht hier gewesen. Die Ausbildung und der Wechsel von der Krankenpflege zur Polizeiausbildung haben sie anderweitig gefordert. Es ist alles unverändert: die runden Sitzgruppen, das Gedränge auf der Tanzfläche, das ständig wechselnde Licht, überwiegend schummrig. Auf einer Bank, die einen Tisch umrundet, finden sie noch Platz. Die Band spielt, vor einem langen, dunklen Vorhang, fetzig und vor allem laut. Schallmauer-Durchbrüche sind dagegen sanftes Säuseln, hat Henrike in irgendeinem Buch über den Kiez mal gelesen. Viel langes Haar, bei Mädchen auch mal toupiert. Alle sind gekommen, um zu tanzen.

Hinter ihnen, weiter oben, die Bardamen. Überwiegend blond, Hochfrisuren, ihre letzte Arbeitsnacht im Star-Club.

Der Kellner stupst Manni an. Er weist auf eine Colaflasche, Henrike nickt. Ja, für mich auch. Hier ist Zeichensprache angesagt. Oder brüllen. Ist eben Rock'n'Roll. Der Kellner guckt missmutig. Nein, auch heute ist das kein Publikum, das Geld hat für Champagner. Sie auch nicht.

Henrike nimmt Manni an die Hand und zieht ihn mit zur Tanzfläche vor die Bühne. Gitarristen und Schlagzeuger ganz nah erleben. Der Rhythmus kribbelt auf der Haut, überträgt sich auf die Beine. Zu der Musik muss sie sich einfach bewegen.

Henrike wippt mit dem Fuß, klatscht im Takt in die Hände, singt mit, beginnt, sich zu drehen, will niemals mehr aufhören zu tanzen, schließt die Augen, sie schwebt, spürt Mannis Umarmung, öffnet die Augen, schon wieder dieses Lächeln. Sie schauen sich an, ganz nah. Ihre Lippen finden sich wie von selbst.

Hardin & York spielen ihre Beatles-Version von *Lady Madonna*. – Es gibt nur noch sie beide, inmitten des Getümmels. Hat sie nicht immer von so einem Moment geträumt?

Viel zu schnell ist Mitternacht.

Henrike erwacht wie aus einem Traum, als das Licht heller wird. Sie sieht Kuno (Michael) Dreysse auf der Bühne stehen, Gitarrist der *Rivets* und neben Frank Dostal und Achim Reichel der letzte Inhaber des Clubs. Er hält eine kurze Rede und sagt am Ende: »Ihr werdet noch alle an den Star-Club denken.«

Das könnte stimmen. Für alle hier in der letzten Star-Club-Nacht. Auch für Henrike und Manni.

*

Wie Zuckerwatte zieht der Nebel des bunten Feuerwerks über den Hafen. Henrike und Manni betrachten es schweigend, Hand in Hand, bis das Leuchten weniger wird und die Böller verstummen. Das neue Jahr ist schon eine Stunde alt.

»Jetzt müsste es noch schneien«, wünscht sich Henrike. Dicke Flocken würden den Kiez und den Alten Elbpark weiß verhüllen und dem Reichskanzler eine Krone verpassen.

»Danke für den schönen Abend; ich möchte mehr mit dir erleben, ich will es«, sagt Manni.

Doch dann kommt der Nachtbus und sie steigt ein. Mit Manni auf dem Motorrad bis Langenhorn mitfahren? Im Minirock und ohne Helm unmöglich. Sie hätte es sowieso nicht gewollt.

Mit dem Bus fährt sie in eine neue Stadt, in ihre Stadt. Genau mit dem Sprung ins Jahr 1970 ist aus den vier Gemeinden Garstedt, Glashütte, Harksheide und Friedrichsgabe eine neue Stadt entstanden: Norderstedt.

Gleichzeitig mit dem Ende des Star-Clubs. Das wird sie nie vergessen.

- 2 -
Im Eros-Center

Die Beamtinnen sitzen zu dritt im Dienstzimmer und besprechen den Dienstplan. Für weitere von ihnen ist ohnehin kein Platz.

Eine Kollegin ist auf einer Wache in der Innenstadt. Außer sonntags sind dort täglich Durchsuchungen nach Warenhausdiebstählen fällig. Schluchzende Mädchen, die sich der Tragweite ihres Tuns nicht bewusst sind. Und therapieresistente Kleptomaninnen, von denen alle Kolleginnen die Adressen schon auswendig wissen.

Eine andere Beamtin ist beim Jugendschutztrupp, zuständig für die nächtlichen Kontrollen in Bars, Clubs und Tanzlokalen. Hier wurde ein gut ausgearbeiteter Plan verwirklicht, für den die WP-Leiterin engagiert gekämpft hat.

Henrike geht nach vorn in den Wachraum. Die WP hat einen anderen Dienstrhythmus als die Männer im Wachdienst. Heute ist die Schicht von Manni dran, aber sie sieht ihn nicht. Den Wachhabenden fragen? Lieber nicht.

Die zwei Witzbolde in ihrer Lieblingsschicht lockern die Stimmung auf. Max und Moritz nennt Henrike die beiden insgeheim. Auch so mancher Kunde, der eine Beschwerde vorbringen will, bekommt das zu spüren.

»Mein Kotflügel wurde beschädigt. Ich möchte Anzeige erstatten.«

Über den Tresen hinweg schaut Max den Kunden von oben bis unten prüfend an. »Das tut mir leid. Tut das weh? Ich sehe gar nicht, wo.« Dann dreht er sich weg und lässt den jungen Kollegen weiterverhandeln, weil er sich das Lachen nicht verkneifen kann.

Heribert, der Dauerkunde, will mal wieder Anzeige gegen seine Frau erstatten: »Sie kümmert sich nicht um die Kinder und hängt im Lemitz rum. Ich brauch Beweise für die Scheidung. Tragen Sie das in Ihr Buch ein. Das ist Vernachlässigung der Aufsichtspflicht, steht im Strafgesetzdingsbums.«

»Ach was!«, sagt Moritz. »Kenn ich gar nich. Kannste das auswendig?«

Max hat unbemerkt Niespulver verstreut und es vorsichtig in Richtung Heribert gepustet. Der scheidungswillige Ehemann atmet tief ein, um seinen Text aufzusagen, da muss er niesen.

»Mensch, erkältet oder was? Streu hier keine Bazillen, du steckst ja alle an. Ab nach draußen.«

Heribert niest noch mal kräftig und verschwindet dann lieber.

*

Kollege Jürgen fragt Henrike, ob sie Udo und ihn bei einem Einsatz begleiten kann. Es liegt ein Haftbefehl gegen eine Prostituierte vor, die im Eros-Center arbeitet.

Die Dienstellenleiterin trägt sie auf dem Plan für Ermittlungen ein, Henrike nimmt ihren Hut und folgt den Kollegen zum Peterwagen.

Seit fast zwei Jahren besteht das Eros-Center auf dem Kiez. Auf Wunsch der Hamburger Behörde hat Willi Bartels, der König von Sankt Pauli, diesen Betonkasten mit 246 Zimmern errichten lassen, dazu einen Kontakthof mit Infrarotheizung und Videoüberwachung. Einige Millionen Mark hat er investiert. Puff-Willi nennt man ihn gern, das hat er nun davon.

»Ersatzweise kann sie sich mit der erforderlichen Restsumme von hundertfünfzig Mark in bar ihre Freiheit erkaufen«, erklärt Udo zum anstehenden Einsatz. »Hoffentlich hat sie heute schon so viel eingenommen, dann müssen wir sie nicht mitnehmen, ist ein fürchterlicher Papierkram.« Diesen Bericht muss Udo schreiben; Henrike weiß aus Erfahrung, wieviel Schreibkram das ist.

Jürgen hat sich beim Wirtschafter erkundigt, wann die Dame Maria Böttcher arbeitet. Sie selbst muss vom Besuch der Beamten nichts wissen. Überraschen ist besser, sonst sucht sie rechtzeitig das Weite.

Sie parken in der Tiefgarage und gehen gemeinsam über den Kontakthof. Als sie auf das Apartment zugehen, hält eine Prostituierte Henrike zurück. Berufsbedingt stark geschminkt und in Minirock und Stiefeln. Darf eine Polizistin hier nicht sein?

Die Frau schaut sich prüfend um und sagt leise: »Wollen Sie zur Mary, zu Frau Böttcher?«

Henrike antwortet nicht. Woher weiß sie das?

»Ein Mädchen hält sich seit ein paar Tagen bei ihr auf. Zu jung. Bitte verraten Sie mich nicht.«

»Warum fällt das dem Wirtschafter nicht auf? Gibt es hier keine Überwachungskameras?«, fragt Henrike.

Die Frau dreht sich schnell weg und wendet sich einem Freier zu.

Henrike eilt hinter den Beamten her. Sie treffen zu dritt auf Frau Böttcher, die in diesem Moment das Apartment verlassen will. »Ich muss nach unten, arbeiten. Sofort. Sonst gibt es Ärger.«

Jürgen lässt sich nicht beirren. »Wir können gern hier vor der Tür verhandeln, wenn andere mithören sollen. Oder wir nehmen Sie gleich mit zur Wache, wenn Ihnen das lieber ist.«

»Geht das nicht morgen auch noch?«

Udo bleibt stur.

Mit beleidigtem Gesichtsausdruck öffnet sie die Tür und weist den Besuch nach drinnen.

Nein, heute hat sie noch kein Geld eingenommen, gestern alles abgegeben. Nervös zieht sie den kurzen Rock nach unten, es ist ihr jetzt wichtig, solide zu wirken.

Udo hält schon mal die Handfesseln bereit. Da greift die Frau zum Telefonhörer. Redet auf jemanden ein, bittet, schmeichelt, fordert. Schließlich legt sie auf.

Die Hure – so möchten Prostituierte genannt werden, hat Henrike gelernt – geht zur Tür, öffnet sie und weist nach draußen. »Das Geld wird gleich gebracht. Sie können draußen warten.«

Frau Böttcher will die Wohnung verlassen. Udo hält sie am Arm fest, schiebt sie zurück ins Wohnzimmer, Jürgen packt mit an. Henrike schließt die Tür und schaut sich genauer um.

Das Apartment ist fast komfortabel eingerichtet, wie wohl alle in diesem Haus. Jedenfalls im Vergleich zu ihrem eigenen Zimmer in Friedrichsgabe. Mit Bad und Kochzeile. Nein, tauschen möchte sie mit Frau Böttcher trotzdem nicht. Zuhälter können ganze Etagen anmieten, betreten dürfen sie das Eros-Center nicht. Aber draußen stehen sie zum Abkassieren, wenn eine Schicht beendet ist.

Dann kommt der Wirtschafter, übergibt der Frau die Scheine vom Zuhälter, vielleicht jene, die sie gestern verdient hat.

»Hier habt ihr die Kröten, kommt lieber mal privat vorbei«, versucht sie nun zu kokettieren.

Jürgen reicht ihr wortlos eine Quittung.

Henrike gibt den Kollegen ein Zeichen zu warten. Sie muss diesem Hinweis nachgehen, den sie im Kontakthof bekommen hat. Es gibt nur eine geschlossene Tür im Apartment, hinter der sich etwas Verdächtiges verbergen könnte, die vom Bad, alles andere ist offen und einsehbar, hat sie festgestellt und schiebt sich an der Frau vorbei.

»Darf ich mal ins Bad?«, fragt sie Frau Böttcher.

»Erst den Durchsuchungsbefehl.«

»Ein Durchsuchungsbeschluss ist dazu nicht nötig. Ich möchte nur kurz meine Hände waschen.«

»Ihr habt doch euer Geld bekommen, jetzt raus hier.« Drei Uniformierte sind ihr drei zu viel.

Die Tür zum Badezimmer ist abgeschlossen.

»Den Schlüssel bitte.«

Die Frau schüttelt den Kopf. Henrike bleibt hartnäckig. Udo, der ahnt, dass die Forderung seiner Kollegin einen triftigen Grund hat, sucht und findet den Schlüssel an einem Haken links vom Hängeschrank.

Henrike zieht die Frau, die sich abwehrend vor die Badezimmertür gestellt hat, zur Seite und der Kollege schließt auf. Erster Eindruck: Ein Bad mit schwarzen Kacheln.

Zunächst sagt niemand etwas. Dann kommt von Udo ein leises »Oh, mein Gott.«

Jürgen umfasst fest den Arm der Prostituierten, die weglaufen will.

Im Bad sitzt ein Mädchen auf einem Hocker. Nach vorn gebeugt, verdecken die langen blonden Haare das Gesicht. Henrike fühlt den Puls und spürt ein schwaches Klopfen an ihren Fingerspitzen. Das Mädchen versucht aufzustehen, will etwas sagen, fällt dabei in die Arme der Polizistin. Sie spürt den hageren, knochigen Körper, den schwachen Atem – eher noch ein Kind.

Udo hat bereits den Rettungsdienst alarmiert.

»Wer ist das?«, will Jürgen wissen.

»Sehen Sie doch, ein Mädchen.«

»Was ist denn passiert?«

»Muss irgendwas geschluckt haben von meinem Schlafmittel, hab ich nicht bemerkt.«

»Sie haben das sehr wohl bemerkt und trotzdem keinen Notarzt gerufen.«

Frau Böttcher stottert: »Ich … äh … nein. Wollte ich ja … Da sind Sie ja schon gekommen.«

»Woher kommt sie? Wie alt ist sie? Wer hat sie hierher gebracht? «

Henrike bekommt auf drei Fragen nur eine Antwort: »Woher soll ich das wissen?«

Dann hören sie Schritte vom Gang und Jürgen öffnet den Rettungssanitätern die Tür, dann folgt der Notarzt.

Er spricht das Mädchen an, es reagiert nicht. Prüft Atmung und Herzschlag, verabreicht ihr eine Spritze. Die Sanitäter heben den zarten Körper auf die Trage und eilen davon.

Frau Böttcher wird durch den Kontakthof zum Peterwagen gebracht. Lauernde, ängstliche Blicke folgen ihnen. Die Prostituierte wird auf den hinteren Sitz geschoben, Henrike behält sie im Griff. In der Wache wird sie der Kripo übergeben.

Der Erste Wachhabende ignoriert das Dauerklingeln des Telefons und lässt sich berichten. Danach schweigt er, nur von seinem Gesicht lässt sich ablesen, dass er bedrückt ist.

»Vierzehn Jahre?«, murmelt er dann. »So alt wie meine Tochter.«

Jürgen schreibt einen kurzen Bericht für die Kripo. »Das Geld haben wir jedenfalls. Um die Haft wird die Dame allerdings nicht herumkommen.« Jürgen sagt es, Udo und Henrike vermuten das ebenfalls. Der Kripomann bestätigt es später. Für die drei Schutzpolizisten gibt es nichts mehr zu tun. Alles andere ist Aufgabe der Kriminalpolizei.

Henrike geht ohne zu zögern ins Dienstzimmer ihrer Vorgesetzten. Diese weist auf den Stuhl, Henrike setzt sich und berichtet, bleibt sachlich. Sie will doch eine starke Polizistin sein.

»Was haben Sie denn im Bad vermutet?«, fragt die Vorgesetzte.

»Ich hatte im Kontakthof einen Hinweis bekommen. Den Namen dieser Frau weiß ich nicht. Außerdem war das Verhalten der zu Verhaftenden verdächtig. Fahrig, nervös. Sie wollte uns schnell wieder loswerden. Warum war sie in diesem Apartment und dazu in diesem Zustand?«

»Tabletten, meistens ist auch Alkohol im Spiel, vielleicht sogar irgendein Rauschgift. Minderjährige Mädchen sind begehrt. Unter Männern, die sie bevorzugen, spricht sich das herum. Ein einträgliches Geschäft. Neben dem Rauschgift, das uns noch viel Arbeit bescheren wird.«

»Wer verlangt von einem Kind, als Prostituierte zur Verfügung zu stehen?« Henrike fragt es nun doch. Sie spürt fast körperlich, wie dieses Kind hat leiden müssen.

Die Vorgesetzte versteht, was Henrike meint.

»Der Zuhälter tut es aus Geldgier. Und er will der Größte unter seinen Kumpels sein.«

»Ja, aber diese Frau Böttcher? Warum hat sie das geduldet?«

»Die Ursache, weshalb Frauen für einen Zuhälter arbeiten, ist immer Liebe, sie macht Frauen abhängig und gefügig«, sagt die Vorgesetzte. »Frauen lieben zu sehr.«

- 3 -
Private Zweifel

Der Fall im Eros-Center beschäftigt sie. Hat auch das Mädchen zu sehr geliebt und dafür leiden müssen? Welche Tricks hat so ein Lude drauf, um Minderjährige gefügig zu machen? Um für deren Bereitschaft, alles für ihn zu tun, dann ohne Skrupel abzukassieren?

Es ist ihr freier Tag. Als Polizistin muss sie lernen, das Dienstliche wegzuschalten.

Und das Private?

Warum war Manni nicht im Dienst? Ihre Adresse hat sie ihm nicht gegeben. Sie würden sich ja fast täglich sehen. Ein Irrtum. Einen Telefonanschluss hat Henrike nicht. Bei 1,4 Millionen Anträgen für einen Anschluss allein in Hamburg ist die Warteliste lang. Ihre Vermieterin hat einen Anschluss. Deren Nummer wollte sie aber nicht weitergeben. Vermieterinnen sind ja meistens allzu neugierig.

Herrmann Wittorf! Schon in der Quickborner Straße, wo sie wohnt, gibt es mehrere Wittorfs. Und dann erst in Hamburg – viele heißen auch Hermann oder nur H-Punkt. Alle anrufen? Von der Telefonzelle aus? Mit den Blicken der Wartenden im Rücken? Nein. Und es könnte eine Ehefrau geben. Was dann? Welchen Grund sollte sie nennen? Ich habe hier eine Anzeige vorliegen wegen vorsätzlichen Verlassens? Und sieht das dann nicht so aus, als würde sie ihm hinterherlaufen? So etwas tut ein anständiges Mädchen nicht, hört sie ihre Mutter sagen.

Henrike hat Manni zum Abschied noch erzählen wollen, dass sie eine neue Adresse hat. Nicht, weil sie gleich wieder umgezogen ist, sondern weil sie in einer neuen Stadt wohnt, in Norderstedt, der jetzt fünftgrößten Stadt von Schleswig-Holstein. Aus dem Start heraus mit 52.000 Norderstedter Bürgern und schon bald mit Stadtvertretung und einem Bürgermeister für alle. Die erste Ausgabe der Norderstedter Zeitung erschien schon am 10. April 1969.

Sie macht sich einen Tee, zieht irgendein Buch aus dem Regal, blättert darin herum und legt es wieder weg. Die Gedanken an Manni lassen sich nicht ablenken.

Einen Einkaufsbummel machen? Keine Lust. Abends im *Harli* einen Film anschauen, einen von Edgar Wallace oder einen anderen, in dem alles schlimmer ist als im wirklichen Leben? Mit wem auch? Die Freundinnen arbeiten, Hajo will sie nicht schon wieder auf die Nerven gehen. Ein Fernsehgerät hat sie nicht. Ihre Eltern kann sie nicht besuchen, die sind auf Mallorca.

Was hat eine Kollegin gesagt, die ja nichts weiß von ihrer neuen Liebe? »So einer wie Manni ist doch längst vergeben, verlobt, verheiratet, Familienvater. Nicht mehr auf dem Markt zu haben.« Aufbauend ist so eine Aussage nicht.

Henrike weiß, warum sie zur Polizei gegangen ist. Ihr Entschluss hieß: Den Beruf wechseln und allein bleiben. Doch darüber redet sie nicht. Durfte sie ihre Meinung ändern? Neben Manni hatte sie für einige Stunden das Gefühl, dass es sich zu leben lohnt. »Ich will, dass du mir nie mehr verlorengehst«, hatte er zum Abschied gesagt. Es hatte dramatisch geklungen.

Ihr fällt noch ein Vers ein, von Friedrich Halm:

Ich will! – Das Wort ist mächtig,
spricht's einer ernst und still –
Die Sterne reißt vom Himmel,
das eine Wort: Ich will!

»Du bekommst nicht immer, was du dir wünscht«, sagt Henrike ihrem Spiegelbild, »du bist wieder allein, nimm es hin.«

*

Sankt Pauli scheint ihr verändert. Oder hat sie sich verändert? Will sie noch Polizistin sein? Will das in der Wache überhaupt noch jemand, wenn er solchen Problemen ausgesetzt ist? Wenn er sogar um sein Leben fürchten muss, wo er doch nur helfen will? Die Polizei, dein Freund und Helfer. Hieß das nicht mal so?

Rechnen müsst ihr mit allem! Das hat der Polizeilehrer damals an einem Fall deutlich gemacht, bei dem ein Polizist starb: Selbst ein fast nackter

Mann auf einem Fahrrad, auf dem Weg ins Freibad vielleicht, kann in einer knappen Badehose eine Pistole versteckt haben, sich bedroht oder verfolgt fühlen und sie unverhofft benutzen.

Polizeischüler lernen den Unterschied zwischen Unterschlagung und Diebstahl, in welcher Höhe Bremslichter an einem LKW angebracht sein müssen und die richtige Schreibweise von Branntwein und Weinbrand.

Aber kann man sie auf solche Fälle wie den im Eros-Center vorbereiten?

- 4 -
Yvonne

Die Vorgesetzte bittet Henrike in ihr Dienstzimmer. Immer entsteht dann ein Grummeln im Bauch: Ist etwas falsch gelaufen, kommt ein Tadel? Im günstigsten Fall eine Änderung des Urlaubsplans.

»Die Sitte bearbeitet diesen Fall, den Sie mir geschildert haben.« Sie schaut Henrike gar nicht an. Ein Zeichen, dass sie etwas akzeptieren muss, was ihr nicht gefällt. »Die Beamten möchten Sie dazu kurz befragen, jetzt gleich.«

Henrike muss nur die Treppe hochgehen zur Dienststelle der Kriminalbeamten, kurz *Sitte* genannt. Sie kennt die Beamten vom Sehen, mal ein kurzer Gruß im Vorbeigehen, mehr nicht.

»Bin Burkhard«, stellt der Kripomann sich vor.

Die Beamtin sagt kurz: »Henrike.«

So ist das wohl bei den Kripobeamten. Er will ja nur ein paar Fragen stellen und zeigt auf einen Stuhl vor seinem Schreibtisch, sie setzt sich, möchte keinen Kaffee.

»Wir ermitteln im Fall des Mädchens im Eros-Center. Ich kenne den Ablauf aus dem Bericht. Was ist dir sonst noch aufgefallen? Woher wusstest du, dass eine Minderjährige in diesem Apartment sein könnte?«

»Von einer Prostituierten, die mich im Kontakthof angesprochen hat. Ihren Namen wollte sie nicht sagen, ich habe auch nicht darauf bestanden.«

»Ist richtig so. Die Quellen versiegen, wenn wir das Vertrauen von Zeugen ausnutzen. Nicht auszudenken, was passiert wäre, wenn du das Mädchen nicht entdeckt hättest.«

Henrike schaut auf und vermutet: »Sie wäre nicht mehr am Leben und zu einer nie aufgeklärten Vermisstenmeldung in den Akten der Polizei und der Gerichte geworden.«

»Sie heißt Yvonne«, sagt Burkhard unvermittelt. »Viel mehr wissen wir im Moment nicht.«

Henrike geht das nahe. »Ihren Namen zu wissen, macht mich noch trauriger. Der Druck war sicher zu groß. Seelisch und körperlich. In den eigenen Räumen scheidet ein Selbstmörder nicht aus dem Leben, hab ich im Fach Strafrecht gelernt. So gesehen, war es nicht ihr Entschluss, – sie wurde gezwungen, die Tabletten zu schlucken.«

»Das ist die Frage«, bestätigt Burkhard. »Möglich, dass sie sich jemandem anvertrauen wollte und musste daran gehindert werden. Oder sie hat sich abfällig über den Zuhälter geäußert. Junge Menschen haben ihre eigene Sprache. Ein gehänselter Mann mordet, das hab *ich* mal im Fach Strafrecht gelernt.«

Henrike schaut die Fotos von Yvonne an. Es fällt ihr schwer. Ein blasses, fast engelhaftes Gesicht. Ein Kind, das unbeschwert seine Schulzeit und die Zeit mit Freundinnen erleben sollte. Erste Verliebtheit, Sommerfeste, Neckereien im Schwimmbad, Klassenausflüge, Freude auf Weihnachten.

»Ist der Zuhälter von Frau Böttcher bekannt?«

»Nein, sie kann gewechselt haben. Alle schweigen. Sicher aus Angst. Petzen, um sich damit bei den Bullen beliebt zu machen? Da ist ein gebrochenes Nasenbein die harmloseste Folge. Der Lude von Maria Böttcher? Nee, kenn ich nicht. Es gibt nur Mister Unbekannt. Wie und mit wem das Mädchen dort hingekommen ist, müssen wir herausfinden.«

»Der Übeltäter ist sicher längst weit weg, Richtung Balearen. Da hinterlässt er Spuren nur im heißen Sand«, stellt Henrike lapidar fest.

»Es ist möglich, dass Frau Böttcher ohne Absprache den Luden gewechselt hat, was den Bisherigen veranlasste, sich auf diese Art zu rächen. Jeder Lude kämpft sich auf seine Weise nach oben.«

Henrike kennt die Kiezgrößen nicht. Hin und wieder liest sie Berichte über Zündsätze unter einer Luxuskarosse, von Schüssen auf Konkurrenten, um sie zu vergraulen. Es wird sich brutal gerächt. Schlägereien, Erpressungen, Kneipeneinrichtungen gehen zu Bruch. Schutzpolizisten, Zivilfahnder, Kripobeamte, füllen Aktenschränke mit solchen Berichten, könnten Bücher über all diese Möchtegernhelden schreiben. Die aber gehen aufrecht, damit ihnen der Heiligenschein nicht vom Kopf fällt.

Der Beamte schiebt ihr weitere Fotos über den Tisch, bekannte Zuhältern – vielleicht hat sie ja einen davon in der Nähe gesehen. »Von irgendeinem ist das Geld gekommen, vielleicht die Scheine, die sie gestern verdient hat.«

»Gebracht hat es der Wirtschafter.«

»Ich kenne seine Antwort schon jetzt: Eine Minderjährige im Apartment? Davon weiß ich nichts.«

Henrike schaut die Fotos an. »Wie harmlos sie aussehen. Sie könnten Verkäufer in einem Elektromarkt sein oder Bankangestellte.«

»Und die sind harmlos?« Burkhard kann sogar lachen. »Selbst wenn dieser Zuhälter den Abflug gemacht hat – der kommt zurück. Er will ja nicht verarmen, arbeiten aber auch nicht. Er braucht Nachschub, Küken bevorzugt, für mehr Kohle.«

»Manche sehen auf den Fotos so gut aus, dass junge Mädchen sich sofort verlieben würden. Dann steht der Verstand still, so die Worte meines Vaters«, erklärt Henrike.

»Manche sind nicht mal nett anzusehen, aber sie haben etwas an sich, das nur Frauen spüren. Deshalb werden gewiefte Luden an die Front geschickt, in die Discos und Nachtclubs, um für unschuldigen Nachschub zu sorgen.«

Henrike will sich verabschieden.

»Ich möchte, dass du mitkommst, um das Apartment genauer anzuschauen, auch die Sachen von Yvonne.«

Sie hat Bedenken.

»Ich rufe deine Dienststellenleiterin jetzt gleich an, deine Hilfe ist unverzichtbar.«

*

Das Apartment ist mit einem rot-weißen Band abgesperrt, der Beamte schiebt es zur Seite und schließt auf.

Bis auf ein paar Kleidungstücke und Schuhe ist das Apartment leergeräumt. Im Schrank steht eine Tasche. Sie kippen den Inhalt auf dem Bett aus. Unterwäsche, Kosmetik, eine Haarbürste, ein trockenes Brötchen, ein Portemonnaie. Henrike öffnet es, Kleingeld fällt heraus.

Im Seitenfach steckt ein Foto: Yvonne schaut lächelnd auf einen Mann, der sie umfasst hält. Fast kahlköpfig, dunkler Bart, sicher doppelt so alt wie sie. Die Arme lassen regelmäßiges Boxtraining vermuten. Beide in Sommerkleidung. Hinter ihnen ein See oder vielleicht das Mittelmeer.

Burkhard dreht das Foto um. Da steht nichts, kein Name, kein Datum. Wer hat es gemacht? Vielleicht ein Tourist, den sie darum gebeten haben. Mehr bringt die Durchsuchung nicht.

Auf dem Rückweg kommt ihnen der Wirtschafter entgegen. Zu spät für ihn, um noch auszuweichen.

»Das Apartment kann wieder genutzt werden«, sagt der Kripomann, »aber achten Sie darauf, dass sich darin keine Minderjährigen aufhalten. Und Sie erwartet eine Vorladung zu einer Befragung, der Sie bitte nachkommen.«

- 5 -
Hamburg-Sommer

Das wärmere Wetter lockt mehr Minderjährige auf den Kiez. Auch im Bereich der benachbarten Wachen werden Mädchen aufgegriffen und die Beamten schieben sie mit kurzen Berichten der WP-Dienststelle zu. Manche wirken verschüchtert, andere sind trotzig, haben zurechtgelegte Ausreden. Es ist, als ob die Sonne auch Kinder zum Rumstromern lockt, zum Schwänzen der Schule, Frauen laufen fort aus betreuten Heimen, verirren sich. Die Polizistinnen in der Dienststelle Sankt Pauli durchsuchen, befragen, tippen Berichte, bringen Jugendliche, Kinder und Frauen nach Hause oder zurück in die Heime. Wenn Henrike eine Frau auf einer Brücke stehen sieht hofft sie, dass diese nur ins Wasser gucken oder einem Boot nachschauen möchte.

In einer Dienstanweisung wird darauf hingewiesen, dass die Zahl der Rauschgiftsüchtigen angestiegen ist. Auf Einstiche an den Armen und auffälliges Verhalten ist verstärkt zu achten. Drei Drogentote hat es bereits in den ersten Monaten des neuen Jahres gegeben. Die Preise für Joints, Hasch und Heroin sind hoch. Die Beschaffungskriminalität steigt, immer mehr Diebstähle besonders in Einkaufszentren und Supermärkten.

Aus den Freibädern schallt Kinderlachen. Von Fuhlsbüttel starten Ferienflieger zu südlichen Stränden. Am Wochenende stauen sich die Autos auf der Autobahn – Blechschlangen fliehen aus der Stadt ins Grüne und ans Wasser. Hamburgs Theater starten ihr seichtes, leichtes Sommerprogramm. Vor den Eiscáfes sind alle Plätze besetzt.

Open-Air-Konzerte locken Jung und Alt in den Stadtpark. Am nächsten Morgen fluchen die Müllmänner.

In Bad Segeberg werden am 4. Juli die Karl-May-Festspiele eröffnet: »Der Ölprinz«, 1970 zum letzten Mal unter der Regie von Wulf Leisner.

In Leserbriefen beschweren sich Hamburger Bürger, dass die Röcke der Mädchen immer kürzer, die Hotpants immer knapper werden. Die Prostituierten von Sankt Pauli lassen sich nicht übertrumpfen: noch kürzer, noch knapper, noch mehr nackte Haut.

Es gibt immer noch keine Ausweispflicht für Jugendliche unter sechzehn Jahren.

Die Antibabypille erobert den Markt, vorerst zögerlich. Es gibt ethische und medizinische Bedenken. Auch religiöse, Papst Paul VI. spricht in seiner *Enzyklika Humanae vitae* ein Verbot gegen Empfängnisverhütung aus und bleibt dabei.

Oswalt Kolle ist mit seinen Aufklärungsfilmen und -büchern erfolgreich. Mutige Wissenschaftler, Mediziner und Studenten propagieren die sexuelle Revolution.

Touristen zieht es in Rudeln auf die sündige Meile. Muss man ja mal gesehen haben! Die Schreibgruppe der Volkshochschule ebenso wie die Clique der Junggesellen, um ein Mitglied ins Unglück zu verabschieden. Noch einmal richtig ausflippen! Und wenn die Fans des FC St. Pauli das Millerntor-Stadion erzittern lassen – Sieg oder Niederlage egal – dann können die Bereitschaftspolizisten ihre Verabredung mit Freunden abschreiben.

Zahlungsunwillige Zecher und Freier beziehen Prügel. Brieftaschen verschwinden, vielleicht sogar ein oder zwei Touris.

Die Schulferien beginnen. Erst in Niedersachsen, dann in Hamburg.

Da sind auch die zwei Mädchen, gerade fünfzehn Jahre alt, in einem Dorf im Kreis Uelzen, die am letzten Schultag darüber beraten, was sie viel lieber machen möchten, als mit spießigen Erziehungsberechtigten in den Bayrischen Wald zu fahren …

- 6 -
Zeugnisse

Leonie sitzt allein im Klassenraum der Mittelschule, den Kopf in die Hände gestützt. Tränen tropfen auf das Blatt vor ihr. Die Notiz ganz unten scheint sich zu verdoppeln: Nicht versetzt. Darunter wie ein Todesurteil die Unterschrift des Rektors und das Datum: 25. Juni 1970

»Schöne Ferien«, hat die Lehrerin noch gesagt und mit den Schülern den Raum verlassen. Für Leonie war der Wunsch nicht bestimmt. Sie ist ein Nichts geworden in dieser Klasse, eine Null. Sicher ist sie etwas kleiner und zarter als andere in ihrem Alter, mit kurzen dunklen Haaren, kann sich aber trotzdem gut behaupten. Nur Mathe begreift sie nicht. Logarithmen, Dreisatz, Quadratwurzeln, Primzahlen, böhmische Dörfer, und Pythagoras ist auch schon lange tot. Und nie wieder wird sie mit Philipp in dieselbe Klasse gehen, was ihm allerdings egal ist.

»Was ist los?«, tönt es von der Tür her, »warum kommst du nicht?« Leonie sieht die Freundin wie durch einen Schleier auf sich zukommen. Etwas größer als sie, der blonde Pferdeschwanz wippt lustig. Julia setzt sich zu ihr.

»Mist«, sagt sie und schaut die Freundin aus großen dunklen Augen an, »wie soll ich das meiner Mutter erklären? Eleonore, ich dulde keine faule Tochter im Haus! Dann werde doch Hausmädchen beim Bauern. Geh in dein Zimmer!« Leonie ahmt die grelle Stimme ihrer Mutter nach.

Sie nimmt das Zeugnis, zerreißt es in viele kleine Schnipsel und wirft sie in die Luft. Ausgerechnet das große »Nicht versetzt!« fällt zurück auf den Tisch.

»Sitzenbleiben ist doch nicht schlimm«, meint Julia, lächelt sogar aufmunternd.

»Für meine Eltern ganz bestimmt. Schon wegen der Nachbarn. Und noch ein weiteres Jahr eine Tochter im Haus, die nicht für sich selbst sorgen kann.«

»Meine Mutter kriegt nichts mit«, erklärt Julia, »mit Mitte dreißig ist sie ausschließlich damit beschäftigt, den richtigen Mann zu finden. Den Neuen hat sie neulich kennengelernt, als wir zusammen auf dem Schützenplatz waren. Der hat uns einfach angequatscht und kommt jetzt manchmal zu Besuch. Ihr Tobby!«

»Das ist nicht der mit den karierten Hemden, der Italiener?«

»Nee, der ist weg. War ganz brauchbar. Kochen, Fußball gucken und so. Dieser Tobby rennt nur mit Schokoladenkram hinter mir her: Für dich, meine Kleine. Als ob ich noch in den Kindergarten gehen würde, mit Schleife im Haar. Dann verkrieche ich mich. Kommt er nicht, hat meine Mutter nur schlechte Laune. Bleibt er über Nacht, besetzt er morgens das Bad für eine gute Stunde, seine Locken föhnen, und ich muss doch pünktlich in der Schule sein.«

»Muss der nicht auch zur Arbeit?«

»Nee, ist sein eigener Chef, Autohaus in Uelzen oder was mit Hotel, dazu äußert er sich nur spärlich. Geplant ist ein Urlaub zu dritt im Bayrischen Wald, für Kreta reicht die Kohle ja nicht«, erklärt Julia.

»Das wird den Frust noch vermehren«, vermutet Leonie.

»Überhaupt: Vermehren!«, fällt Julia dazu ein. »Davor werde ich täglich gewarnt, aber die Pille ist ja nur für schon vergreiste Frauen. Kinder bringt der Klapperstorch. Da ist selbst Frau Bombach noch fortschrittlicher, wenn sie uns in Biologie die Fortpflanzung erklärt.« Dann hält Julia der Freundin ihr Zeugnis hin.

»Waaas!? Du auch nicht!?«, platzt Leonie beim Blick auf die letzten Zeilen heraus. »Wo du doch so gut in Mathe bist.«

»Eben nur in Mathe. Wir hauen einfach ab, raus aus diesem Kaff«, schlägt Julia vor.

»Wenn du zurück bist aus der bayrischen Einöde, dann ist DOM in Hamburg, Hummelfest, eben Sommerdom.«

»Das ist dieser Trubel …«

»… mit Zuckerwattebuden, Autoskooter, Achterbahn und toller Musik auf dem Heiligengeistfeld«, erklärt Leonie.

»Bye-bye, Wandergruppe vom Sportverein, kein Blauer Bock mit Heinz, Lia und dem Bembel.« Julia richtet genervt die Augen gen Himmel.

»Den Beat-Club mit Uschi Nerke darf ich auch nicht gucken, Heidschi Bumbeitschi mit Heintje ist doch soo schön.«

»Krimis in Farbe sind aber toll, da sieht man doch wenigstens das Blut richtig in Rot. Meine Mutter hat das immer weggeschaltet.«

»Jeden Freitag gibt es auf dem DOM ein Feuerwerk.«

»Hamburg, wir kommen!«

Zeugnisse? Nee, hat keine gegeben.

- 7 -

Hamburg

Im Hamburger Hauptbahnhof herrscht dichtes Gedränge: Fahrgäste, mit Gepäck beladen, fahren in Urlaub, Berufspendler sind auf dem Weg nach Hause, Mütter zerren an quengelnden Kindern. Dazwischen Taschendiebe, Schnorrer, Strolche und eben Abenteuerlustige wie sie beide aus dem Kreis Uelzen. Ein paar Mal werden sie angerempelt.

Doch hier müssen sie nicht mehr aufpassen, ob sie erkannt werden, wie bei der Abfahrt. Zum Glück war nur ein alter Mann auf dem Bahnsteig des Dorfbahnhofs, der nach dem Halt des Triebwagens eine Frau begrüßte. Beinahe wäre Julia wieder ausgestiegen, weil sie glaubte, ihre Flöte vergessen zu haben, die aber entdeckte sie rechtzeitig in der Seitentasche. Eine Reise ohne Zahnbürste war okay, ohne Panflöte undenkbar. Auch auf dem Uelzener Bahnhof war niemand, der ihnen bekannt vorkam.

Wie sie vom Hamburger Hauptbahnhof mit der U-Bahn weiterfahren können, wissen beide von einer Klassenreise, bei der sie in der Jugendherberge *Auf dem Stintfang* untergebracht waren. Wieder bestaunen sie beim Passieren der Haltestelle Landungsbrücken den Hamburger Hafen.

»Das gucken wir uns morgen an«, plant Julia unternehmungslustig und Leonie stimmt zu. Sie fahren mit der U-Bahn bis zur Haltestelle Sankt Pauli, stapfen nach oben, biegen nach rechts ab und lassen sich vom quirligen Treiben auf dem DOM mitreißen. Die Düfte von gebrannten Mandeln und Bratwürsten vom Grill wechseln sich ab. Da tönen sie ihnen schon die angesagten Rhythmen entgegen, die Beatles mit ihrem Yellow Submarine. Warum auch nicht? Ihre Karriere hat ja genau hier auf dem Kiez begonnen, im Indra, im Kaiserkeller, im Top Ten, im Star-Club.

Jugendliche albern vor dem Flugkarussell herum, einige stehen an der Kasse an, aus den Gondeln macht ihr Kreischen den Beatles Konkurrenz. Zuschauen muss genügen, so viel haben die eigenen Spardosen und die Reservekassen ihrer Mütter im Küchenschrank nicht hergegeben. Sie gönnen sich eine Tüte Popcorn an der Süßwarenbude, gehen vorbei an Losbuden, dem Riesenrad und bleiben am Autoskooter stehen.

Die Jungs am Rand flachsen, grinsen Leonie und Julia entgegen. Sie dürfen sogar einen Schluck aus der Bierdose trinken. Es ist toll, in Hamburg zu sein, mittendrin.

Doch dann wird es schummrig. Bald würden sie auffallen.

Wer geht schon mit Reisetaschen auf den DOM, um diese Zeit und ohne Eltern? Sie sehen eben so jung aus wie sie sind.

Vorsichtig mogeln sie sich an zwei Streifenbeamten vorbei und laufen in Richtung U-Bahn-Haltestelle.

»Wo lassen wir unsere Sachen und wo schlafen wir eigentlich heute Nacht?«, fragt Julia.

Gute Frage.

Leonie weist auf den Park gegenüber.

»Auf geht's. Wir finden schon was, bevor es zu dunkel wird.«

- 8 -
Erster Tag

An wärmende Decken haben sie nicht gedacht. Sie frieren, als sie am nächsten Morgen aufwachen, nur mit den dünnen Jacken zugedeckt. Ihre neue Wohnung befindet sich hinter dem unteren Sockel des Bismarckdenkmals. Der Betonboden ist hart, Rücken und Schultern schmerzen. Mit dem Kopf auf dem Rucksack, der eben nicht so weich ist wie das Kuschelkissen im Bett zu Hause. Keine warme Dusche, überhaupt kein Wasser. Aber zurück ins Dorf? Keine von beiden schlägt das vor.

Wie spät es ist, können sie auf der riesigen Turmuhr der Michaeliskirche sehen. »Acht Meter Durchmesser hat die«, weiß Julia.

»Zehn nach acht, wir sind Frühaufsteher, und das in den Ferien.«

»Herr Ober, bitte einen Kaffee und ein belegtes Brötchen mit Mettwurst«, scherzt Leonie.

»Lass uns zum Hafen runtergehen«, schlägt Julia vor, »wir sind schließlich Touristen.«

Sie nehmen die Abkürzung zwischen den Büschen abwärts und erreichen die Helgoländer Allee. Der Himmel ist wolkenlos, die Sonne wärmt schon.

»Ach, das tut gut.« Julia ist versöhnt.

Lange schauen sie von oben auf das Treiben im Hafen. Auf die Werft Blohm + Voss, auf Kräne, die in den Himmel ragen. Ein Containerschiff kommt gerade an, wird von den Menschen an den Landungsbrücken bestaunt. Weiter rechts ist der Eingang zum Elbtunnel zu erkennen; vor den Fahrstühlen haben sich Autoschlangen gebildet. Am Wasser angekommen, sehen sie dümpelnde Fähren mit Namen wie »Osterbek« und »Altona«.

»Ach, ist das hier toll!« Da sind sich beide einig, Dorf und Schule sind vergessen. Einige Touristen stehen schon an, um Karten für eine Hafenrundfahrt zu kaufen. Eine gute Idee, aber ihr Geld sollten sie besser für ein Frühstück anlegen. Vor einer Imbissbude am Wasser sinken sie in die Stühle, holen sich Kaffee und ein Brötchen mit Mettwurst vom Tresen, fühlen sich wie Hamburger Deerns, als sie einen Schiffsjungen auslachen, der vergeblich versucht, ein Tau zum Festmachen über den Poller auf dem Anlegeponton zu werfen.

»So 'n flotter Matrose mit einer weichen Koje wäre auch nicht schlecht.« Julia massiert ihre Schulter.

»Seine Koje ist auch hart wie Beton, und der Käpt'n heuert uns nur an, damit wir das Deck schrubben. Putzen? Das kann ich auch zu Hause haben.«

Das reicht erst mal an Schiffsbesichtigungen und sie gehen zurück, die Helgoländer Allee hoch und dann nach links den Spielbudenplatz entlang. Vorbei am Operettenhaus, wo vor einiger Zeit der Fiedler Tevje auf dem Dach saß, in Pappform, um Publikum für das Musical »Anatevka« anzulocken. Das wusste Leonie von ihrer Mutter.

»Hier hätten wir wohl schon um sechs frühstücken können«, meint Julia und zeigt auf das Esso-Schild der Kiez-Tanke, überdacht, mit Plastik-Stehtischen davor und dem Hinweis: »Rund um die Uhr geöffnet.« Bestimmt ein guter Treffpunkt für die letzten Nachtschwärmer, bei Hunger und immer noch mehr Durst. Sie probieren das gleich aus und schauen sich eine Weile den Trubel an, während sie an ihrem Eis lutschen. Palavern noch ein wenig mit dem jungen Mann an der Kasse. Schnacken nennt man das in Hamburg. Tatsächlich gibt es da auch *Kraftstoff für die Seele* und sogar Benzin.

Dann gehen sie weiter. Leonie hält sich die Nase zu. Es riecht, als würden Tiefgarage, dunkle Ecken und Hauswände größtenteils als Toilette benutzt werden.

Passend zum Kiez gibt es auch einen Sex-Shop. Sie amüsieren sich über die verschiedenen Farben und Formen der Präservative. »Das wäre doch tolles Anschauungsmaterial für Frau Bombach. Am besten den roten Pariser, der passt dann zu ihrer Gesichtsfarbe, wenn wir statt der Theorie, wie sich Insekten fortpflanzen, um praktische Beispiele für Menschen bitten. Vielleicht macht sie sich in den Ferien mal schlau und liest was von Kolle.«

Vor dem Tanzpalast »Zillertal« schläft einer, den Rücken an einen Pfeiler gelehnt, die Fuselflasche im Arm. Den Weg in sein Zuhause hat er in der letzten Nacht nicht mehr geschafft. Oder er hat gar keines. Abends gibt es da drinnen *Musi, Radi, Gaudi.* Zwei Polizisten, die aus der Davidwache kommen und zum grün-weißen Peterwagen gehen, beachten den Heimatlosen nicht. Für sie ein gewohnter Anblick.

»Gucken wir da mal rein, in die Wache? Bin neugierig, wie es da aussieht«, fragt Leonie.

»Lieber nicht. Vielleicht wird schon nach uns gefahndet und wir laufen den Polizisten genau in die Arme.«

»Das würde meiner Mutter ähnlich sehen. Den Urlaub hab ich ihr gründlich vermasselt, vielleicht hat sie umgebucht auf Hamburg.« Womit Leonie recht haben könnte.

Noch ein Kino, das Aladin. Sechs Mal täglich gibt es »Mysterien der Pornografie, der Film von Masochisten und Fetischisten«, informiert das Plakat neben dem Eingang.

»Muss man wissen, was das ist?«

»Nee, wir nicht.«

Etwas weiter schielen sie vorsichtig zum Eros-Center rüber. So recht wissen sie nicht, was da hinter der Fassade so interessant ist, geben es aber nicht zu. Sicher all das, was ihnen ihre Eltern verbieten würden. Als ob sie nicht längst wüssten wie Busen aussehen. Vor dem Eingang staut sich eine lebhafte Menschengruppe um einen hochgereckten roten Schirm. Eine geführte Kieztour führt neugierige Touristen in die verruchtesten Winkel.

Dann kommen sie unverhofft in ein Wohnviertel. Mietblöcke, wie sie überall stehen könnten, es riecht nach Kartoffelsuppe, eine Frau schleppt volle Einkaufstüten nach Hause. Normaler Alltag. Der Spielplatz ist um diese Zeit leer, Mittagszeit. Auf einer Bank in der Sonne schläft ein dünner Mann mit zotteligem Bart, neben sich seine Habe in der Plastiktüte. Sie tun es ihm gleich. Belegen je eine Bank und schlafen sofort ein. Viel weicher als Beton ist die auch nicht.

Dann schreckt Julia auf, rüttelt Leonie wach. »Wir müssen noch Decken kaufen und zwei Kissen.«

Sie zupfen ihre T-Shirts glatt, bringen die Haare in Ordnung und los geht es in Richtung Innenstadt. Die fünf Stationen fahren sie schwarz. Sprungbereit an der Tür. Geht gut. An der Mönckebergstraße steigen sie aus.

Horten gibt es da – zu teuer.

Als sie C & A sehen, wird der Deckenkauf zur Nebensache.

»Lass uns nur mal gucken.«

Sie setzen sich Strohhüte auf, probieren große Sonnenbrillen und Modeschmuck. »Tolle Klamotten. Die will ich alle haben. Wenn wir nicht so streng erzogen worden wären, würden wir das alles anziehen und einfach rauslaufen.«

»Und dabei erwischt werden und ab nach Hause, lieber nicht.« Ihr Mut ist doch schon vom Schwarzfahren aufgebraucht.

Was könnten sie sich alles kaufen, wenn sie endlich Geld verdienten. Schule ade. Besser noch wären spendierfreudige Eltern.

Sie traben weiter. Karstadt. Wie Horten.

Am Imbiss in der Mönckebergstraße teilen sie sich eine dicke heiße Wurst. Als Trost. In einem Schnäppchenladen abseits finden sie, was sie gerade dringender brauchen als Parfüm, Silberschmuck oder echtes Porzellan. Sie kaufen gleich vier Decken, eine als Unterlage, die andere zum Zudecken. »Die Bildzeitung wärmt schließlich nicht.« Noch zwei Kissen. Damit bummeln sie über den Jungfernstieg und überlegen, wie sie zurückkommen zum DOM.

Julia fragt einfach am Gänsemarkt eine Frau, die freundlich und hamburgisch aussieht, nach dem Weg. Sankt Pauli sagt sie lieber nicht.

»Zum DOM? Zu Fuß? Da, den Valentinskamp lang bis zum Karl-Muck-Platz, wo die Musikhalle ist, über den Sievekingsplatz und da könnt ihr noch mal fragen. Am schönsten ist es, durch Planten un Blomen zu gehen. Viel Spaß denn, Deerns.«

*

Die Jungs lungern heute an der Raupe rum. Leonie und Julia haben den Weg zu Fuß geschafft, war gar nicht weit, und sie haben ein Versteck für ihre Decken im Alten Elbpark gefunden.

Die Jungs, André und Jens, schlagen einen Bummel über den Kiez vor.

»Haben wir schon gemacht, vormittags.«

»Abends brummt der Kiez, muss man erlebt haben. Mit uns zusammen gibt es keine Kontrolle, seriös wie wir aussehen«, versichert Jens.

»Was mit Musik wäre toll.« Leonie will tanzen.

»Top Ten«, sagt Jens.

»Ist aber erst kurz vor Mitternacht interessant, kaum reinzukommen«, weiß André, »pingelige Koberer, die alle anquatschen und reinlocken wollen, bei denen sie die dicke Brieftasche schon von Weitem riechen, bei uns eben nicht.«

»Musik gibt's auch im Goldenen Handschuh, aus der Musikbox. Die spielt Freddy Quinn und Hans Albers rauf und runter.« Jens grinst.

»Brennend heißer Würstchenstand …«, intoniert André und Jens hält sich die Ohren zu.

»Am beliebtesten ist dieser Pferdehalfter an der Wand.«

»Nein, nicht wieder singen«, warnt Leonie. »Ihr seid ja schon richtige Kiez-Opas.«

»Besser bei der Kontrolle als Babygesichter.«

Leonie zieht einen Flunsch. »Danke für das Kompliment.«

»Ihr seid nicht aus Hamburg?«

»Nee, Uelzen.«

»Herzliches Beileid.«

»Genau genommen noch schlimmer, es ist ein Dorf im Kreis Uelzen.«

»Wo wohnt ihr denn hier?«

»Im Atlantik-Hotel, was dachtest du denn?«

»Aha, also abgehauen von zu Hause.«

Sie verabreden sich locker für einen der nächsten Abende. Wie gewohnt am Autoskooter. Heute sind die Mädchen zu müde von all den neuen Eindrücken, laufen nur noch rüber zur Kiez-Tanke. Sie brauchen schon wieder ein belegtes Brötchen und etwas zu trinken. Dank Astra und den weichen Decken werden sie richtig gut schlafen.

- 9 -
Befragung

Ein Kripobeamter der Sitte, den Henrike nicht kennt, schaut ins Dienstzimmer. Drei Schutzpolizistinnen schauen zurück.

»Kann mich jemand ins Krankenhaus Heidberg begleiten? Ich muss dort eine Frau befragen.«

Es ist kurz vor Feierabend. Zwei Kolleginnen schauen weg.

Henrike nickt. »Zivil?« AK Heidberg, da kennt sie sich aus.

Jetzt nickt der Mann der Sitte. »Danke. Dann bis gleich.«

Unterwegs im Auto erzählt er Henrike, worum es bei der Befragung geht. Die Prostituierte sei von einem Zuhälter geschlagen worden. Krankenhausreif. Sie wurde ins Allgemeine Krankenhaus Heidberg eingeliefert.

Wie ist es dazu gekommen? Gibt es da nicht eine Vorgeschichte? Das fragt sich Henrike. Aber sie ist nur die Begleitung, muss es nicht wissen und schweigt.

»Es wurde noch eine andere Sache festgestellt, die behandlungsbedürftig ist, und sie wurde in die geschlossene Abteilung verlegt«, erklärt er, als er vor dem Krankenhaus an der Tangstedter Landstraße parkt. Mal sehen, wo Haus 10 ist.«

»Hinten links. Da sind die Damen ohne Bockschein und mit Syphilis untergebracht.«

»Aha. Danke. Aber woher …«

»Wir Schwesternschülerinnen, etwa fünfzig, haben während der Ausbildungszeit über dieser Abteilung gewohnt, Bodenetage mit Komfort. Zwei Jahre lang, Zweierzimmer, zwei Betten und zwei Schränke pro Zimmer, ein Waschraum mit acht Waschbecken an der linken Wandseite.«

»Ein Fünf-Sterne-Hotel also.«

Es ist schön, die vertrauten Häuser wiederzusehen. Fünf rechts und fünf links. Auch der ältere Pförtner im Häuschen am Eingang erkennt Henrike wieder. Er feixte oft, wenn sie zu spät aus dem Eiscafé oder dem Jazzkeller in der Spitalerstraße zurückkamen. Die Ausbildungsschwester hatte sich daran gewöhnt, bei ihrem Kontrollgang auf leere Betten zu sehen.

Dann stehen sie vor Haus 10. Henrike zeigt nach oben. »Unter unserer Luxussuite war oft Trubel, denn die behandlungsbedürftigen Frauen sind im ersten Stock untergebracht, die Luden darüber. Der erste Stock gegen den zweiten, Luden gegen Prostituierte, Beschimpfungen von Fenster zu Fenster, wer denn nun wen angesteckt hat.«

»Auch nachts?«

»Manchmal. Egal, war lustig. Wir waren ja auch keine grauen Mäuschen. Partys mit selbstgemachten Karamellbonbons, aus der Monatsration Dosenmilch und Zucker in der einzigen

Pfanne fabriziert, Musik vom Plattenspieler, der auf einer leeren Apfelsinenkiste stand, von der einzigen Platte, die wir hatten: Rocco Granatas Marina. Immer wieder von vorn. Der eigentliche Hit dazu aber war Mamas Eierlikör.«

Der Kripomann grinst: »So kann man sich also eine Schwesternausbildung vorstellen.«

»Bedingung, um bei der WP eingestellt zu werden, ist eben ein erlernter sozialer Beruf. Und ich konnte sogar schon ein wenig Kiezjargon.«

Auf das Klingeln hin öffnet die Oberschwester. Die Frau, die vernommen werden soll, wird in die Ruheecke im Flur gebeten.

»Zu tun bekommen wir es mit Emerita. Ich bin gespannt, was sie uns erzählt.«

Der Kripomann begrüßt sie und bittet um ihre Personalien.

»Das hab ich doch schon alles gesagt.«

»Bitte noch mal, für die Aufnahme aufs Band.«

Sie nennt Namen und Geburtsdatum, eher unwilig. Erst an ihrer Stimme merkt Henrike, wer da befragt wird. Es ist die Prostituierte, die ihr den Tipp mit Yvonne gegeben hat. So ungeschminkt war sie nicht gleich zu erkennen.

»Wie kam es zu dem Streit mit Ihrem … Zuhälter? Worum ging es?«

Die Frau sitzt da – und schweigt. Starrt mit müden Augen den langen Flur hinunter. Zieht ein zerknülltes Taschentuch hervor, bindet den Gürtel um ihren Bademantel fester zu. Blaue

Flecke im Gesicht haben sich zum Teil in fahles Gelb verwandelt. Am Hals sind rote Streifen zu erkennen.

Der Beamte gibt eine freundliche Erklärung. »Wir sind da, um Ihnen zu helfen. Erzählen Sie einfach, von Anfang an und weshalb Sie die Anzeige wegen Körperverletzung gemacht haben.«

Die Patientin gibt sich störrisch. »Fragen Sie Ihre Kollegin. Ich hatte sie gebeten, mich nicht zu verraten, sie hat es trotzdem getan.«

Henrike wurde erkannt.

»Ich habe Sie nicht verraten, an niemanden. Ich wusste bis eben Ihren Namen gar nicht«, versichert sie. »Ich fand Sie sehr mutig. Ohne Ihren Hinweis würde Yvonne nicht mehr leben.«

Emerita zieht die Schultern hoch. Mir egal, sagt ihr Blick.

Henrike gießt Wasser in ein Glas, das die Stationsschwester hingestellt hat und reicht es ihr. Sie übersieht es.

»Ich weiß sehr wohl, wer und weshalb er mich so zugerichtet hat. Er hat mich verdammte Petze genannt und dann fast totgeprügelt. Irgendjemand muss mich ja verraten haben. Wer soll es sonst gewesen sein?«

Das würde Henrike auch gern wissen. Es muss doch jemand den kurzen Hinweis gehört haben.

Plötzlich richtet die Frau sich auf, schaut den Kripobeamten an und sagt sehr bestimmt: »Ich ziehe die Anzeige zurück.«

Es ist zwecklos, sie wird nichts mehr sagen. Der Kripomann hält ihr die Mappe hin, zeigt, wo er eine Unterschrift braucht. Sie kritzelt ein paar unleserliche Zeichen hin und schiebt die Mappe auf den Tisch zurück, dreht sich um und geht.

Die Beamten verlassen die Station, ohne sich zu verabschieden.

»Es ist immer das gleiche Lied«, sagt der Kollege draußen, »entweder ziehen die Frauen die Anzeige schon am nächsten Tag zurück, spätestens dann vor Gericht. Nach der Wut folgt die Angst. Das ist die Macht der Luden.«

Henrike schaut ihn an, ist ratlos.

»Andere Variante«, sagt er auf dem Weg zum Auto, »der Lude kann wegen einer vermeintlich starken Grippe nicht zur Verhandlung kommen und sitzt stattdessen im Safari an der Bar. Das es gut für ihn ausgeht, dafür ist gesorgt. Sicher hat er seiner Einnahmequelle die doppelte Portion an Schlägen angedroht, den Verlust der verbliebenen Zähne und Säure im Gesicht, wenn sie die Wahrheit sagt. Dann wird der Kerl freigesprochen und kann so weitermachen.«

Der Mann von der Sitte braucht jetzt dringend einen Kaffee. Henrike hat da einen Tipp. Das Eiscafé an der Kreuzung Tangstedter Landstraße und Langenhorner Chaussee.

Es hat geöffnet. »Es darf ein ganzer Kübel mit Eiskugeln sein, ich reiche die Rechnung ein.«

»Aha, deshalb sind die Stadtkassen so leer.«

Er kann schon wieder lachen.

Nach einem Kübel Speiseeis ist beiden nicht. Der Kollege bestellt zwei Eiskaffee. Er wird serviert und Henrike wagt es, ihre Frage zu stellen.

»Wer kann Emerita beobachtet haben, als sie mit mir sprach? Ich habe niemanden gesehen.«

»Emerita hat viele Stammkunden, das macht neidisch und sie wird missgünstig beobachtet. Vielleicht hat das auch ein Wirtschafter über eine Kamera gesehen und für den Tipp kassiert.«

»Was haben die Ermittlungen zu Yvonne ergeben?«, löchert sie den Beamten weiter.

»Die Kollegen prüfen, ob da jemand ausgerastet ist. Wer sich weigert, zahlungskräftige Freier zu bedienen, muss weg. Ein Spruch unter Luden zieht Kreise: *Es gibt kein schlechtes Geschäft, nur faule Weiber.*«

»Hat das dieser Frida gesagt?«

»Nein, das hab ich von Günter Zint, dem Kiez-Fotografen, und der hat ihn in der Sheila-Bar aufgeschnappt, vom Besitzer Dieter Redecker.«

Henrike weiß genau, dass niemand in der Nähe war, als die Prostituierte ihr den Tipp gab. Aber diese bereut sicher zutiefst, eine Beamtin angesprochen zu haben und wird es nie wieder machen.

Verboten ist Prostitution nicht, nur dann, wenn die Frauen dazu gezwungen werden. Und Minderjährige sind tabu. Die Luden haben da wirksame Methoden entwickelt. Die Frauen glauben dann selbst, dass sie ihre Arbeit freiwillig machen, sie lieben und leiden. Anscheinend werden sie bestens überwacht.

»Bei der Kripo ist die Arbeit also auch oft frustrierend,« stellt Henrike fest, »dann kann ich auch bei der WP bleiben.«

»Mal eben die Welt retten, das schaffen wir in unserem Job nicht. Sie wird untergehen.«

»Und alle Frauen auch, wenn sie auf den falschen Mann treffen.«

»Wir stehen ziemlich unter Druck, die Öffentlichkeit will Erfolge sehen – ist doch verständlich. Wir bräuchten dringend eine weibliche Sicht auf den Fall Yvonne. Ihre zum Beispiel.«

»Meine Vorgesetz …«

»… kann nicht anders, als dem zustimmen. Zur nächsten Besprechung werde ich dich einfach anfordern. Oh, ich bitte um Entschuldigung, wollen wir das Sie nicht lassen? Ich bin Wolfgang.«

»Henrike.«

Sie heben ihre leeren Kaffeegläser und stoßen an. Das muss reichen.

*

Vier Stationen vom Langenhorner Markt bis Garstedt mit der U-Bahn. Dann in die ANB. Schneller war Henrike noch nie zu Hause. Sie hat ein schlechtes Gewissen. Dienstlich im Eiscafé mit einem hübschen Kripobeamten. Aber gut, das hätten die Kolleginnen ja auch haben können, hätten sie es denn gewollt.

- 10 -
Zweite Nacht

Der Losverkäufer grinst. Er hat Julia erkannt. Sie hat Schutz vor dem Regen gesucht unter der Plane seiner Losbude.

»Na, bei Regen weißt du auch nicht, wohin? Oder?«

»Wie kommst du darauf?«, fragt Julia.

»Du bist nicht die Erste, die von zu Hause abgehauen ist. Ich hab ein Dach über dem Kopf, nicht besonders groß, aber bei mir ist es nachts wärmer als im Park, und trocken.«

Da kommt Leonie zurück, mit einer Thüringer auf dem Pappteller. Julias Magen knurrt, wie zum Dank.

»Ich hab ein Bett für diese Nacht«, erzählt sie Leonie kauend und sehr leise, »im Schaustellerwagen.« Sie macht eine Kopfbewegung zum Losverkäufer hin. »Nur mal duschen, dann hauen wir wieder ab. Du musst schon mitkommen.«

Sie warten, bis auf dem DOM-Gelände die Lichter ausgehen, versteckt hinter einer Bude. Folgen dem Mann in den schlabbrigen Hosen dann bis zu seinem Wohnwagen weit hinten.

Eine Dusche gibt es nicht. Nur einen schiefen Stuhl, einen Plastikschrank und ein Bett. Es stinkt nach billigem Korn und Urin. Da meldet sich sofort die Thüringer zurück. Julia schiebt die Blechdose voller Kippen von sich weg.

Der Mann stellt eine Flasche Fusel auf den Campingtisch und drei Flaschen Bier. Sie trinken, schließlich trinkt nur noch der Mann. Dann grinst er und fordert: »Klamotten aus, jetzt geht's ins Bett, zu dritt oder nacheinander, ganz nach Wunsch.«

Leonie begreift als Erste, was hier ablaufen soll, rennt zur niedrigen Tür, öffnet sie, stolpert die Holzstufen abwärts. Sieht eine andere Gestalt auf sich zukommen, weicht aus und rennt los, als ob es um ihr Leben ginge.

»Bleib hier, du Schnepfe, was hast du denn gedacht, was hier ablaufen soll?«

Wer hat das jetzt gerufen? Wer ist gemeint? Sie? Oder Julia? Aber wo ist Julia? Warum folgt sie ihr nicht? Leonie tapst über Kabel und Abfälle. Stolpert und landet mit der Nase in einer offenen Tüte, weiche Pommes frites mit Ketchup. Sie rührt sich nicht und horcht eine Weile. Alles ist still. Julia wird schon auf dem Weg zum Schlafplatz sein, sie wird sich sorgen, wo ich bleibe, denkt Leonie, rappelt sich auf und eilt weiter.

Aber da ist keine Julia am Bismarckdenkmal.

Leonie hüllt sich in ihre Decke, wartet und hofft. Hat die Freundin sich verlaufen? Julia hat einen schlechten Orientierungssinn und läuft meistens in die entgegengesetzte Richtung. Sie grübelt vor sich hin und duselt ein.

Dann spürt sie im Halbschlaf etwas neben sich. Schweigend kuschelt Julia sich neben die Freundin, beginnt leise zu schluchzen. Es dauert lange, bis sie zu reden beginnt.

»Dieser Mistkerl wollte mich … du weißt schon. Hat mich betatscht, aufs Bett geworfen, mich fast erdrückt und seinen Kumpel gerufen, zum Mitmachen. Ich hab ihm voll in die Eier getreten, da hatte er mit sich zu tun. Hab's nach draußen geschafft und bin weg. Ging so, weil er ziemlich betrunken war. Vor dem Wohnwagen saß der andere Kerl, der hatte wohl eine Einladung zum Gruppensex. Ich hab ihn weggestoßen.«

Ihre Jacke hat sie dabei eingebüßt, das ist das kleinere Übel. »Der stank eklig und hat nicht mal mehr Zähne. All das nur für ein Bett für eine Nacht und für eine Dusche, die es da gar nicht gibt.«

Das ersehnte Duschen ist trotzdem möglich. Dank Petrus, der Hamburg nie vergisst, wenn es um Wasserversorgung aus den Wolken geht.

Zum Glück hört es bald auf zu regnen.

- 11 -
Geschäftsgespräch

»Wird das jetzt endlich was mit meinen Aufträgen?«, raunzt der Blonde den Bärtigen an, ohne seinen Gruß beim Eintreten zu erwidern. »Wann lieferst du?« Ein Bier bietet er ihm heute nicht an.

»Schlecht gelaunt heute? Das ist nicht so einfach, die Mädchen müssen es auch wollen und freiwillig mitkommen.«

»Du gibst doch immer an, das sie dir in Rudeln hinterherlaufen.«

Der Bärtige zuckt mit den Schultern. »Aber nicht die, die deinen Wünschen entsprechen.«

»Mein Laden läuft nur mit Personal, für das meine Kundschaft eine Vorliebe hat – blonde Küken eben.«

»Besorg sie dir doch selbst, wenn du es besser kannst«, schlägt sein Gegenüber vor.

»Täte ich, aber im Moment muss ich mich auf dem Kiez rar machen, bin da ziemlich bekannt.« Wie beiläufig streicht er sich die Mähne hinters Ohr.

»Dann mach eben solche Fehler nicht. Du reißt mich mit rein. Die Konkurrenz schläft nicht – oder gerade mit den Mädchen, die ihnen auf den Leim gegangen sind.«

Der Kleine macht sich größer. »Sehr witzig. Die Bullen können uns nicht gefährlich werden. Denken die überhaupt? Die wissen gar nichts.«

»Sei da nicht so sicher, ich werde jedenfalls nach der nächsten Lieferung verschwinden, sie nennen mich schon Küken-Kalle, aber erst brauche ich das Geld.«

»Beherzige meine Tipps, dann klappt das auch.«

Der Große schüttelt den Kopf. »Probier doch deine Tricks allein aus. Außerdem brauche ich noch mal dein Auto.«

»Geht nicht, brauch ich heute.«

*

Wieder allein, denkt er nach: Irgendwas läuft nicht wie geplant. Aber so schnell findet sich kein Ersatz für Küken-Kalle.

Ich werde mir den Hühnerhof heute mal ansehen, sinniert er. Wenn ich nicht alles selbst mach! Also ab in die Lederjacke. Es ist warm, aber wo soll ich sonst meine P38 verstecken? Ich benutze sie ja nicht, aber wenn ich sie am Körper spüre, bin ich der Stärkere.

- 12 -
Die Jungs

André und Jens sehen in dunklen Hosen und weißen Hemden wirklich seriös aus. Sie möchten die Mädels zu einem Kiezbummel einladen. Leonie und Julia wollen jetzt nicht mehr an den Losverkäufer denken, sie fühlen sich beschützt.

»Offiziell sind wir im Kino und sehen Pippi Langstrumpf im Taka-Tuka-Land, für alles andere gilt strengstes Verbot. In Beat-Clubs dürfen Hamburger Bürgersöhnchen nicht«, erklärt Jens.

»Beim Abschiedsabend im Star-Club hatten wir eine passende Ausrede: Silvesterfeier im Sportlerheim. Ist nicht rausgekommen«, ergänzt André.

Die Jungs lotsen sie durch die Kastanienallee. »Müsst ihr euch unbedingt ansehen.« Die Prostituierten haben ein Gespür für zahlungskräftige Männer, lächeln aber auch André an.

»Nicht so genau hinsehen, dann werden die unangenehm«, warnt Jens die Mädchen.

»Komm mir hier bloß nicht in die Quere«, sagt eine Blondine mit gewaltiger Oberweite. Wütend geht sie auf Leonie zu. Die duckt sich und sieht zu, dass sie sich hinter Jens versteckt. Als Konkurrentin hat sie sich eigentlich nicht gesehen.

Hinter ihnen taucht eine männliche Gestalt auf, den Blick eher auf Julia gerichtet. Eine fahle Straßenfunzel scheint auf seine blonde Mähne. Bemerkt hat es nur Leonie, denn Julia ist nach der Attacke der Prostituierten vorweg geeilt. Dann verschwindet das Bild wieder wie in Luft aufgelöst. Hab ich mir nur eingebildet, denkt Leonie.

André holt Julia ein. »Komm, wir flüchten zu Erna Thomsen.«

Sie schaut fragend.

»Werdet ihr sehen, ist gleich hinter dem Hans-Albers-Platz. Ist sehr gemütlich da und kein bisschen gefährlich.«

Als sie im Silbersack ankommen, hat Leonie sich beruhigt. Sie amüsiert sich sogar. Dieses Lokal sieht eher aus wie die Kneipe in ihrem Dorf. Ein großes gelbes Sparschwein, eine alte Wanduhr, Wimpel von Fußballvereinen, der größte vom FC St. Pauli. Die ältere Wirtin mit blondem Kraushaar zapft Bier und begrüßt sie freundlich. Hinter ihr stehen aufgereiht Gläser, Flaschen, Underberg und Jägermeister in klein, dazwischen hängt ein großes Lebkuchenherz vom DOM mit dem Spruch »Gut, dass es Dich gibt!«, umrandet von Zuckergussblümchen.

Für die Cola hat André eine kleine Flasche Rum am Kiosk gekauft. Vom Geld fürs Kino. Ist die Wirtin selbst schuld, sie gönnt ihnen ja nur Cola ohne Zusatz.

Dann geht es zurück.

Nicht möglich, so spät ins Top Ten zu kommen. Ein aufmerksamer Türsteher.

Dann eben ins Café Keese – die Jungen feixen.

»Nee, da will ich nicht rein.« André zieht die Stirn kraus. »Wer weiß, welche Mutti mich da auffordert und dann muss ich Walzer tanzen. Der Abend war schon gefährlich genug.«

»Was heißt der Spruch über der Tür?« Julia versucht, ihn zu lesen: »Honi soit, qui mal y pense.«

Französisch«, weiß Leonie. Ihr Lieblingsfach – viel besser als Mathe. »Ein Schuft, wer Böses dabei denkt.«

»Siehste, tut dir doch keiner was.« André ist nicht zu überzeugen. »Frauen, die Männer zum Tanz auffordern? Das ist doch abartig.«

Jens lenkt ab: »Wenn ihr mal pleite seid, Heimweh habt oder Liebeskummer, dann geht da hin.« Er zeigt zur anderen Straßenseite. Ein knallrotes Herz blinkt herüber, im Drei-Sekunden-Takt. »Das Herz von St. Pauli«, erklärt Jens weiter. »Die Inhaberin ist Erika Klüver, das ist so eine wie Erna vom Silbersack, ebenfalls Witwe und tröstender Mama-Ersatz – nicht nur für Jungs und Deerns.«

»Vor Mamas sind wir ja gerade geflüchtet, brauchen wir nicht«, sagen Leonie und Julia gleichzeitig.

»Würdest du deiner Mutter Liebeskummer beichten? Nee. Bei Erna und Erika geht das.«

Die Jungs müssen nach Hause.

»Wegen Mama«, sagt André, »ihr habt es gut, so ohne Kontrolle.« Dann laufen sie zur U-Bahn-Station.

Die Mädchen schlendern in Richtung Privatpension Bismarck. Zwei Bänke sind besetzt: Auf einer schläft ein Obdachloser, in ihrem Dorf würde man Penner sagen, auch er hat sich eine Decke besorgt. Auf der anderen Bank knutscht ein Liebespaar.

Jedenfalls sind Menschen in der Nähe.

Warum beruhigt sie das?

- 13 -
Bekanntschaft

Am nächsten Morgen zählen Leonie und Julia ihr Geld. »Wir waren ziemlich sparsam«, stellen sie zufrieden fest.

Sie holen sich wieder belegte Brötchen und Cola aus der Kiez-Tanke und genießen ihr Frühstück in der Sonne auf der Bank im Alten Elbpark, ihrer neuen Heimat.

Trotz des schönen Abends hat Julia sich noch immer nicht so recht von der Attacke des Losverkäufers erholt.

»Der hat doch 'n Rad ab.«

»Wir müssen auf jeden Fall zusammenbleiben«, beschwört Leonie die Freundin, »sonst ist das viel zu gefährlich. Vielleicht ist der sogar Zuhälter, dieser Losverkäufer.«

»Ein Lude? Glaub ich eher nicht. So sieht der nicht aus.«

»Wie denn? Wie sehen Luden denn aus?«

»Wie jeder andere Kerl. Aber sie verstehen, mit Frauen umzugehen, damit diese sich mit fremden Kerlen abgeben, die viel dafür bezahlen, dass die Frauen sich mit ihnen abgeben – aber was sie dabei verdienen, kassiert hinterher immer der Lude«, erklärt Julia altklug.

»Hä? Warum behalten sie das nicht für sich?«

»Weil sie den Kerl lieben. Und weil er ihnen beigebracht hat, dass er sie beschützen muss. Und wenn sie nicht machen, was er will, dann werden sie verprügelt oder er zerschneidet ihnen das Gesicht, ehrlich. Dann tun sie eben, was er will.«

»Aber sie könnten doch alles selbst bezahlen, ihre Wohnung, ihr Essen, ihre Klamotten. Was abgeben vom Verdienst? Schön blöd.«

Sie beraten. Irgendwas müssen sie ändern. Es könnte auch wieder regnen. Nach Hause? Nein. Sie haben noch längst nicht genug gesehen und erlebt. Sollen sich ihre ewig rummotzenden Erziehungsberechtigten doch ruhig einmal Sorgen um sie machen.

»Vielleicht haben die sich hier schon irgendwo einquartiert und suchen nach uns. Zuerst auf dem DOM. Wir müssen aufpassen.«

»Meine Mutter? Mich suchen? Die wollte mich doch schon immer ins Heim geben«, weiß Julia.

Erst mal bummeln sie wieder herum. In einer Seitenstraße weiter weg fällt Leonie ein Schild auf. Sie ist ganz aus dem Häuschen. »Eine Pension. Zimmer zu vermieten. Schau mal.«

»Ziemlich abgewracktes Haus, das kann so teuer nicht sein.«

Vorsichtig öffnen sie die Tür, an der die grüne Farbe schon abblättert.

»Wir lügen eben ein bisschen.«

»Ein bisschen lügen ist wie ein bisschen schwanger, das gibt es nicht. Lügen ist lügen.«

Da steht die Vermieterin schon vor ihnen, eine rundliche Frau in geblümter, schmuddeliger Kittelschürze sieht ihnen skeptisch entgegen.

Sie erklären, dass sie nur drei Tage bleiben würden. Dafür reicht das Geld noch, wissen sie vom Zählen am Morgen. Die Frau steckt die Scheine in die Schürzentasche.

»Keine Herrenbesuche, kein Alkohol, und nachts ist hier Ruhe.«

Die Mädchen nicken stumm.

»Wo ist euer Gepäck?«

»Das müssen wir noch holen.«

Die Kittelschürzenfrau weist mit dem Kopf nach oben: »Treppe rauf, erste Tür links. Türschlüssel gibt's nicht.« Sie bekommen nur einen für die Haustür, machen kehrt, befreien ihre Sachen aus dem Gebüsch im Alten Elbpark und gehen zurück.

*

Die Betten sind eher Liegen auf vier Stahlbeinen, graue Decken, vergilbte Gardinen, ein Waschbecken, das mal weiß gewesen sein muss. Es riecht wie in einer Kneipe am Morgen.

Sie schieben den wackligen Nachttisch vor die Zimmertür. Abschließen geht ja nicht. Machen große Wäsche, wie Julia es nennt.

Dann klopft es. Die Mädchen verstummen und schauen sich ratlos an. Leonie öffnet die Tür einen Spalt breit.

»Dürfen wir mal zu Besuch kommen? Wir wohnen nebenan.« Zwei Mädchen, älter als sie.

Leonie schiebt den Nachttisch zur Seite.

Sie setzen sich zu zweit gegenüber auf die Liegen, köpfen die mitgebrachten Bierflaschen mit einem verrosteten Öffner und tauen langsam auf. Christine und Franziska.

Franziska ist blond und trägt die vollen langen Haare offen, manchmal sicher auch mit einem Band zusammengebunden wie Julia sie gerade trägt. Sie ist ebenso schlank, aber etwas größer.

Christine hat eine dunkle Kurzhaarfrisur, wie Leonie. Etwas rundlicher ist sie. Üppiger Busen und Po.

Beide sind schon einige Wochen auf dem Kiez. Wenn sie schnell sprechen, verfallen sie in einen rheinischen Dialekt.

»Und ihr habt dafür Geld genug für Essen und Miete?«, fragt Julia.

»Geht mit gelegentlichen Jobs, mal hier, mal da«, sagt Christine zögerlich.

»Habt ihr einen Tipp?«, fragen Leonie und Julia gleichzeitig.

Leonie fügt schnell hinzu: »Also, mit Männern rummachen, das ist nicht unser Ding.«

»Müsst ihr ja nicht, bringt aber mehr ein. Arbeitet doch als Serviererin oder so.« Franziska weiß sogar eine Adresse. Julia notiert sie sich.

»Ihr habt sicher schon viel gesehen. Wart ihr schon in diesem Top Ten Club?«

»Logisch, wir können zusammen hingehen«, schlägt Christine vor.

Julia guckt skeptisch. »Lassen die uns da rein? Soll erst am späten Abend interessant sein.«

»Franzi – Franziska, kennt den Türsteher«, erklärt Christine, schaut auf die Freundin. »Sogar sehr gut«, bestätigt diese mit einem Lächeln.

»Aber ihr müsst aufpassen. Im Top Ten könnt ihr von Zuhältern angegraben werden. Die brauchen Nachschub für ihr horizontales Gewerbe.«

Was ist denn das nun schon wieder, ein horizontales Gewerbe? Leonie fragt lieber nachher Julia. Wenigstens was ein Lude ist, hat sie ja schon begriffen.

»Fallt auf deren Tricks nicht rein«, warnt Christine. »Angeber sind das. Locken mit Urlaub auf Ibiza, kaufen den Mädchen teure Klamotten, versprechen das Blaue vom Himmel und schwören jeder Püppi, sie sei seine ganz große Liebe. Manchmal klimpern sie mit dem Lamborghini-Schlüssel rum, Mercedes geht auch.«

Leonie und Julia glauben das nicht so recht. Gruselgeschichten, so etwas wird gern erzählt. Was soll schon passieren? Sie sind doch zu zweit, jetzt sogar zu viert.

- 14 -
Manni

Motorräder knattern manchmal sehr schnell durch die Quickborner Straße in Friedrichsgabe und Henrike erschrickt jedes Mal. Doch dieses Mal verstummt das Geräusch vor dem Haus, und wenig später klingelt es an der Tür. Als sie öffnet steht Manni vor ihr.

Sie will ihn umarmen, zögert dann aber.

»Woher hast du meine Adresse?«

»Absolutes Dienstgeheimnis. Jedenfalls nicht von deinen Kolleginnen, die halten sich strikt an die Schweigepflicht.«

»Jetzt komm erst mal rein.«

Sie schiebt ihn ins Zimmer und weist auf die kleine Couch. »Setz dich.«

Abwarten und Tee trinken, denkt sie und verschwindet erst mal in der Witwen-Küche, kommt mit zwei Bechern und Keksen auf einem Tablett zurück. Auf eine Kanne hat sie verzichtet. Sie ist ein bisschen hibbelig, so würde ihre Mutter das nennen. Die Kanne würde ihr Zittern beim Einschenken übertragen und sie verraten.

Sie setzt sich neben ihn, nicht allzu nah, und schweigt. Was kommt jetzt? Ist es das Ende? Ist da eine Frau, eine bevorstehende Hochzeit, gar eine Familie?

»Ich hatte eine Woche Urlaub«, sagt Manni. Irgendwie muss er ja beginnen. »Ich musste etwas regeln. Ja, es gab eine Beziehung. Ich hätte aber in der Firma des Schwiegervaters arbeiten sollen. Meine Bedenkzeit war abgelaufen, ich wollte das nicht. Du musst dich nicht sorgen, sie ahnte es schon vorher und hat mich verstanden. Es tut ein bisschen weh. Ich wohne weiterhin bei meinen Eltern.«

»Danke für deine Ehrlichkeit. Zum Kennenlernen hatten wir ja auch wenig Gelegenheit, nur eine halbe Nacht.«

»Ich habe dich schon gleich sehr gemocht, eben, seit du in der Dienststelle bist.«

»Warum hast du nichts gesagt?«

»Hab ich doch jetzt.«

»Ich wohne allein, ohne Anhang. Du siehst es. Nur in diesem Zimmer. Den Rest bewohnt die Witwe des Hauses.« Henrike bewegt den Arm im Kreis, der auch den Garten mit einschließt.

Manni scheint aufzuatmen. Er hat ja nicht wissen können, was nach dem Klingeln auf ihn zukommt. Ob er vielleicht einem Mann begegnet, der ihm den Eintritt verweigert oder sogar mit der Faust droht.

»Manchmal passt es eben nicht, das hab ich erst begriffen, als ich dich sah. Bitte denk jetzt nicht, du wärest so eine Art Ersatz.«

»Meine Vermieterin, Frau Heuer, ist in Urlaub, weit weg auf Rhodos. Ich darf Bad und Küche unbegrenzt nutzen, wenn ich will – auch mit dir – wenn du willst.«

»Ich will«, sagt Manni. »Wie wäre es jetzt zum Beispiel mit einer passenden Begrüßung?« Wieder dieser Blick aus braunen Augen, dem sie nicht widerstehen kann und auch nicht will.

Dieser Manni muss italienische Wurzeln haben. Sie zieht ihn zu sich und küsst ihn, ganz zart. Als wäre er zerbrechlich. Und wie hat sie sich gefürchtet vor einem einsamen Wochenende.

»Trinken wir jetzt erst den Tee oder machen wir an dieser Stelle weiter?«

Der Tee ist ohnehin schon kalt. Abwarten und Tee trinken? Das gilt für beide nicht mehr.

*

Henrike will Manni auch noch ihre Straße zeigen. Hier erinnert sie vieles an ihr Dorf. Bauernhöfe, hohe Eichen, ein Trecker brummt vorbei. Sie liebt die großen Gärten mit Gemüsebeeten, Himbeersträuchern und geharkten Wegen.

Meistens säumen Einzelhäuser die Quickborner Straße, das Feuerwehrhaus dazwischen und die alte Schule mit den Toiletten aus Beton, die es nicht mehr lange geben wird. Etwas weiter liegt die Zufahrt zum Autoschrottplatz von Kiesow.

Zum Jahresende wird das Teilstück der A7 von Hamburg nach Kaltenkirchen fertig sein und den Verkehr durch Norderstedt verringern. Nur hier wird es lebhafter, weil die Quickborner Straße als Zufahrt zur Autobahn genutzt werden wird.

»Dafür, dass Friedrichsgabe aus einer Armensiedlung entstanden ist, mit trockenem Heideboden, genau da, wo ich jetzt wohne, hat es sich doch prächtig entwickelt.«

»Nie gehört. Wann war das?«

»1821. Johann Daniel Lawaetz hat sie gegründet. Er wollte Bürgern aus Altona, das damals unter dänischer Verwaltung war, eine neue Existenz ermöglichen. Deshalb hat der dänische König Frederik VI. die Schirmherrschaft übernommen, daher der Name Friedrichsgabe. Ist trotzdem gescheitert. Darüber gibt es viele Geschichten.«

Zurück vom Spaziergang durch die Felder, den Rantzauer Forst und an einer Pferdekoppel vorbei, erzählt Henrike von dem Mädchen im Eros-Center. Niemand kann sie besser verstehen als Manni.

Und er ist erschrocken. »Hoffentlich schafft sie es. Manche Menschen und ihre Schicksale kann ich auch nicht vergessen.«

»Auf dem Kiez geht es rau zu, wer sich nicht durchsetzen kann, geht unter. In Blankenese ist man ans-tändig und etwas s-teif.« Dabei betont er das dort besonders gepflegte spitze »S« der Hamburger. »Geht ja niemanden etwas an, was da hinter den ehrwürdigen Fassaden passiert. Darüber s-pricht man nicht. Ich war da mal kurze Zeit auf der Wache. Langweilig.«

»Ich will helfen, nicht Leid begegnen, wenn es für Hilfe schon zu spät ist,« erklärt Henrike.

»Du hast das Mädchen gefunden, du hast sie durch dein Eingreifen gerettet.«

»So ähnlich hat es Burkhard von der Sitte auch gesagt.«

»Ab nächste Woche bin ich wieder im Dienst«, sagt Manni.

Henrike grübelt und sagt dann: »Ich sage den Kolleginnen nichts von uns. Höchstens Anne – als Warnung. Du weißt vielleicht, dass Frauen gern das Juwel ergattern möchten, das einer anderen gehört. Alles schon passiert.«

»Wie du möchtest. Aber ein Juwel? Ich kann langweiliger sein als ein leerer Kartoffelsack.«

»Das glaube ich nicht«, sagt Henrike und nun lachen beide.

Ein Bier in Ellerbrocks Gasthof an der AKN-Haltestelle wäre jetzt das Richtige gewesen, aber Manni muss noch auf seiner Suzuki gut nach Hause kommen. Das wird ihr immer wichtig sein.

Zum Abendbrot kreiert Manni Spiegeleier mit Schinkenwürfeln. Was anderes gibt der Kühlschrank nicht her.

Und Henrike kocht wieder Tee. Dieses Mal in einer Kanne.

- 15 -
Sprechbedarf

Burkhard von der Sitte nimmt einen Anruf aus dem Krankenhaus entgegen. »Yvonne möchte eine Aussage machen. Sie sollten umgehend kommen.« So die kurze Ansage des Arztes.

Burkhard geht runter zur WP-Chefin. Henrike soll ihn begleiten.

»Wir brauchen hier jede Beamtin, es darf nicht lange dauern, sie ist ab nachmittags für die Domwache eingetragen. Eigentlich ist so eine Anforderung gegen die Vorschriften.«

»Die WP ist laut Dienstanweisung auch zur Unterstützung bei Befragungen von weiblichen Personen zuständig, das ist hier der Fall. Wir sind rechtzeitig zurück.«

Die Chefin sagt kurz: »Also gut.«

Er grummelt: »Alte Schnepfe«, aber erst, nachdem er aus dem Zimmer ist. Noch immer guckt er grimmig vor sich hin und schweigt, als sie sich auf den Weg machen.

Schon wieder ins Krankenhaus, wozu hat sie überhaupt den Beruf gewechselt? Henrike fühlt sich beklommen. In welchem Zustand werden sie das Mädchen antreffen?

»Wir erfahren endlich, wer Yvonne ist, wo sie wohnt und wer sie in dieses Apartment geschleust hat. Danke fürs Mitkommen. Du wärst für diesen Fall viel besser bei uns aufgehoben als bei der WP. Wer sonst?«

Henrike schaut skeptisch. Sie weiß nur, dass es noch mehr Mädchen gibt und weiterhin geben wird, die so ein Schicksal erleiden müssen, weil die Ausbeutung nie ein Ende nehmen wird. Weil die Polizei nicht alle retten kann. Nicht im Eros-Center, nicht in allen dunklen Ecken der Stadt, in Absteigen, die nicht mal dem Standard eines Billighotels entsprechen. Im ganzen Land nicht, in keinem Land.

Sie fragen sich durch, stehen dann vor der Krankenzimmertür.

Tief Luft holen. Was erwartet sie dahinter?

Yvonne scheint zu schlafen. Als sie sich zu ihr setzen, öffnet sie die Augen.

»Sie wollten uns sprechen. Ist es Ihnen recht, wenn wir damit beginnen?«

»Sagt bitte du.«

Burkhard zögert.

»Kannst du uns zunächst etwas zu dir sagen, wo du zu Hause bist?«

Sie schaut Burkhard mit großen Augen an und fragt leise: »Kennen Sie Manni aus der Davidwache?«

Weder Burkhard noch Henrike antworten.

»Ich möchte mit ihm sprechen.«

Sie schließt die Augen wieder, das Gesicht ist verzerrt, als ob sie starke Schmerzen hat, dann beugt sich auf und sackt in sich zusammen. Stöhnt leise. Ringt nach Luft.

Henrike drückt auf die Klingel. Burkhard eilt auf den Flur und ruft nach einer Schwester.

Henrike hält Yvonne im Arm, spricht tröstend auf sie ein. Fühlt wieder diesen weichen, zarten Körper.

Nach der Schwester kommt ein Arzt. Bittet sie, draußen zu warten.

Nach Ewigkeiten öffnet sich die Tür.

Der Arzt zieht die Schultern hoch, wirkt erschöpft. »Da war nichts mehr zu machen.«

Nach endlos langen Minuten, die sich wie Gedenkminuten ausbreiten, unterbricht der Arzt das Schweigen.

»Wir haben es erwartet, es ist nicht Ihre Schuld. Sie wollte Ihnen sicher etwas Wichtiges mitteilen. Zu spät.«

Henrike wischt mit dem Handrücken über ihr feuchtes Gesicht. Stakst hinter Burkhard her zum Auto. Irgendwann während der Fahrt fragt sie anklagend: »Wo sind ihre Eltern? Sie muss doch eine Mutter haben. Oder war sie in einem Heim?«

»Keiner auf der Krankenstation wusste es, und es zu wissen, nützt jetzt auch nichts mehr.«

»Doch, wir werden dafür sorgen, dass der Täter angeklagt wird.«

Aber was hat Manni damit zu tun? Hat sie Manni gesagt? Es klang auch wie Nanni, Janni oder Danny.

- 16 -
Traumwelt

Julia geht einkaufen, weil sie doch jetzt ein richtiges Zuhause haben, mit Bett und Tisch und einem Kühlschrank auf dem Flur.

Wäre es zu viel verlangt, wenn sie immer hier in Hamburg wohnen wollte, mit richtig normalen Eltern und vielleicht einer Oma zwei Straßen weiter, mit der sie etwas unternehmen könnte? Oder mit Freundinnen. Hagenbeck oder das Alte Land besuchen, einen Einkaufsbummel machen oder ins Kino gehen. Gerade läuft »Hurra, die Schule brennt« mit Peter Alexander und Jutta Speidel. Danach einen Eisbecher mit vier Kugeln Schokoladeneis und Sahne vertilgen, weil Oma sie dazu einlädt. Aber das hat sie alles nicht. Stattdessen eine Mutter, der sie gleichgültig ist, wechselnde Ersatzväter, überwiegend unerträglich. Wie sieht der Aktuelle sie eigentlich? Als lästige Beigabe der hübschen Cornelia, ihrer Mutter? Was reizt ihre Mutter an einem Partner, der sich gar nicht um sie kümmert? So genau mag sie das nicht mal Leonie schildern. Würde sie es überhaupt verstehen?

Julia will darüber nicht mehr nachdenken. Sie tut nur mal so, als wäre dies ein ganz normaler Einkauf für ihre Familie: Brötchen, Rundstücke eben, Nutella, sogar eine Pappschachtel mit Süßkirschen, das Pfund für 50 Pfennig. Schokolade. Sie lächelt.

Da fällt ihr dieser Mann auf. Hat sie den schon mal gesehen? Irgendwo unterwegs? Diesen kahlen Kopf, den dunklen Bart, den bulligen Körper?

Sie rollt den Einkaufswagen zur Kasse, packt aus und wieder ein und bezahlt. Mit dem vollen Beutel geht sie zurück zur Pension. Schaut sich um. Da ist niemand. Was hat sie sich da wieder eingebildet?

Im Zimmer angekommen, packt sie alles aus, deckt mit Leonie den Tisch, wie es sich in einer richtigen Familie gehört. Beide verdrücken glücklich Brötchen mit Nutella und danach die süßen, dunkelroten Kirschen. Ist es nicht fast so, wie sie es sich erträumt hat?

Dann schaut Julia versonnen und mit allem zufrieden aus dem Fenster nach unten. Da ist er schon wieder, dieser Kerl. Was will er? Was will er ausgerechnet von ihr? Oder soll er Leonie finden, im Auftrag der Eltern? Muss so einer nicht verdeckt ermitteln? Zu Leonie sagt sie nichts.

Julia will ihren Traum weiterleben. Sie freut sich auf den Abend.

- 17 -
Top Ten

Der Top Ten Club. Reeperbahn 136. Von außen unscheinbar. Ein schmaler Eingang, wie vergittert, rechts und links hellgrüne Betonpfeiler. Darüber schräge Neonröhren, die kaum Helligkeit bringen. Tunnelartig der Gang nach drinnen. Sie schieben sich mit anderen Besuchern hindurch. Ein wenig wie im Gruselkabinett ist Leonie schon zumute.

Doch da hört sie schon die dröhnenden Akkorde, sieht Bühne und Tanzfläche unter grell zuckenden Scheinwerfern in schnell wechselnden Farben. Tanzende in Ekstase, allein oder als Paar. Leben, ich komme!

Sie setzen sich an einen der Tische und als der Kellner kommt, bestellt Christine in Zeichensprache vier Cola.

»So laut habe ich mir das nicht vorgestellt«, brüllt Leonie. Julia bedeckt die Ohren mit den Händen. Trotzdem eilen beide nach vorn und stellen sich vor die Bühne. Dieser Sound der E-Gitarren. Dieser Rhythmus, den der blonde Schlagzeuger fabriziert, oder heißt er Drummer? Die Arme scheinen ihm nicht zu erlahmen, die langen Haare wirbeln um seinen Kopf, dann folgt seine Solo-Einlage. Dazu der fetzige Gesang:

der geht über die Ohren bis unter die Haut, in die Beine bis zum großen Zeh. Leonie weiß nichts von Riffs, Pickings und Akkorden, Hauptsache, es tönt und dröhnt. Sie schnippt mit den Fingern, wirft die Arme nach oben, johlt, vergisst alles. Will nächtelang so weitertanzen.

Franziska liegt in den Armen eines Loddels, beide wie ineinander verschlungen. Ihr Kopf scheint an seinem Hals zu kleben. Ihre schlanke Gestalt verschwindet unter seinen kräftigen Armen. Wenn sie es so will, ist es ihre Sache, denkt Julia. Das ist so einer von den lauernden Typen im Dunkel des Clubs und auf den Barhockern. Lederjacke, T-Shirt, Rolex, Goldkettchen. Stimmt also doch schon mal, dieses Klischee. Dann erkennt sie, dass es der Glatzkopf ist. Zum dritten Mal sieht Julia ihn an diesem Tag, was der wahrscheinlich nicht checkt. Der Kerl tastet sie ab, fummelt, dann haben sie das Tanzen vergessen. Er war also hinter Franziska her, denkt Julia, wozu hab ich mich jetzt aufgeregt?

Leonie und ich sind minderjährig, tröstet sich Julia, so nennt man das wohl. An uns traut sich keiner ran von der Sorte Muskelmann. Nach dem ersten Kuss ist der Lüstling da schon mit einem Bein im Knast. Erst später erkennt sie, dass sie sich geirrt hat.

Als der Typ zurück an der Bar ist, scheint es mit dem anderen Ärger zu geben. Luden mit Jagdinstinkt als Konkurrenten. Erhobene geballte

Fäuste. Ein Dritter greift ein, zieht die Kampfhähne auseinander. Dann ist Ruhe.

Die Band macht eine Pause. Erst da schaut Leonie sich um. Wo ist Julia? Sie ist nicht auf der Tanzfläche und sitzt auch nicht am Tisch.

»Pass auf, Ausweiskontrolle«, warnt Christine. Irgendein Trupp von Kontrolleuren zieht durch die Disco. Leonie huscht an einem von ihnen vorbei und durch den Ausgang.

Draußen holt sie tief Luft. Puh, Glück gehabt.

»Warte doch!« Julias Stimme tönt hinter ihr.

»Wo warst du plötzlich?«, will Leonie wissen. »Du siehst ganz blass aus.«

»Dieser Boxertyp, der mit Franziska auf der Tanzfläche, hat sich im Vorbeigehen an mir festgekrallt, an Stellen die er besonders mag. Als wenn er mich mitziehen wollte. Muss er gleich alle anbaggern, die blond sind? Er hat mich schon beim Einkaufen verfolgt und stand später vor der Pension. Der ist garantiert scharf auf Blondinen, besonders auf Franzi. Eklig, der stank nach Bier und billigem Rasierwasser.«

»Du hättest mir sagen müssen, dass er dich verfolgt hat.« Leonie ist richtig empört. »Wir verschwinden jetzt besser.«

Zurück in der Pension, krabbeln sie unter die Decken. Es ist die Musik, die ungewohnte Atmosphäre, die vielen Menschen, dieses blinkende Licht, denkt Leonie und beruhigt Julia: »Man kann sich leicht auch was einbilden.«

»Wer hat da jetzt gespielt? Welche Band?«, will Julia vor dem Einschlafen noch wissen.

»Keine Ahnung. Bestimmt eine ganz berühmte. Jimi Hendrix hat so eine Gitarre. Eine Fender Stratocaster, hat Philipp gesagt.«

Ach, Philipp. Ist sie noch in ihn verliebt?

»Süß, der am Schlagzeug«, schwärmt Julia.

Leonie ist es egal, wer da gespielt hat. Die Hauptsache ist die Musik, die noch immer in ihren Ohren dröhnt, rhythmisch und rockig.

»Dann träum schön vom hübschen Drummer«, sagt sie noch, da ist Julia schon eingeschlafen.

Kein Beton mehr im Rücken und ein Dach über dem Kopf.

- 18 -
Jobsuche

Das Wachwerden gelingt am nächsten Morgen nicht so schnell. Im Halbschlaf ziehen die Bilder des vergangenen Abends an Leonie vorbei. Getanzt hat sie, wie im Rausch, zu »Barbara Ann«, dem Hit der Beach Boys, zu »Come On And Sing« von The Rattles und viel mehr. Noch jetzt ist sie heiser vom Mitsingen. Leonie spürt noch den Blick eines Jungen, der sie angelächelt und mit ihr eine Weile getanzt hat. Dann war er in der Menge verschwunden.

Der sah aus wie einer von den Lords, dieser tollen Band. Schlank, groß, schwarzer Anzug, voll lange Haare mit Pony, Rüschenhemd und weiße Socken. Wie auf dem großen Foto in der BRAVO, auf dem sie sich im Gleichschritt zu wiegen scheinen, vielleicht sangen sie gerade ihren Lieblingssong: »Have A Drink On Me«.

Sie will Julia auf der Liege neben sich fragen, ob es ihr auch so ergeht. Schläft sie noch? Nein. Julia ist schon angezogen, schaut angestrengt in den fast blinden Spiegel. Sie hat sich die Schminksachen von Christine ausgeliehen, bemalt ihr Gesicht mit kräftigen Farben. Viel zu dunkel für ihr blasses Gesicht, dieser dunkelrote Lippenstift.

»Was machst du da?«

»Siehst du doch, schminken. Sehe ich nicht echt aus wie volljährig?«

»Wozu schon vor dem Frühstück?«

Julia zeigt ihr den Zettel, den sie von Christine bekommen hat, mit der Adresse eines Lokals. »Vielleicht nimmt der mich, dann können wir die Miete bezahlen und hierbleiben.«

»Als was?«

»Servieren, glaube ich. Das bekomm ich schon hin.«

»Ich komme lieber mit.«

Julia lehnt ab. Leonie dreht sich auf die Seite und schläft wieder ein. Wacht erst auf, als sie die Tür hört.

»Na?«

»Soll heute Abend um acht Uhr da sein.«

»Und?«

»Mehr hat er nicht gesagt.«

Etwa eine Stunde vorher bekommt Julia Bauchschmerzen. Durchfall. Rennt immer wieder zum Klo im Flur.

»So kann ich da nicht arbeiten, aber Geld haben wir auch nicht mehr.«

Leonie schaut sich um. Die Schminkutensilien liegen noch um das Waschbecken herum.

Während sie die Augenbrauen nachzieht und ganz viel Lippenstift aufträgt, erklärt Leonie fest entschlossen: »Ich mach das, Vertretung. Das wird der schon schlucken, besser als gar nicht hingehen.«

Sie lässt sich den Weg erklären, den Namen sagen, und als sie losläuft, sitzt Julia schon wieder auf dem Klo.

*

Einen Eingang für das Personal findet Leonie nicht, also geht sie einfach durch die vordere Tür in die Bar. Von einem Plakat leuchtet ihr ein nackter Po entgegen. Ein Striptease-Laden. Jetzt fühlt auch sie sich kotzübel. An den Tischen drinnen sitzen nur Männer.

Der Wirt hört gar nicht richtig zu, es ist ihm anscheinend egal, wer sie ist. Die Hauptsache, da ist eine, die die Männer scharf macht. Dann mustert er sie doch. Männer schauen nie anders, abschätzend, von unten nach oben, mit Nadelblicken.

»Geh dich mal umziehen.« Er zeigt auf eine Tür. »Und dann schaust du eine Weile Lizzy zu, wie sie das macht, nach einer Stunde bist du dran. Geld gibt's danach.«

Leonie wird es noch übler. Sie zieht dieses knappe Kostüm an, das mehr offenbart als verdeckt und setzt sich in eine enge Kabine. Von dort aus kann sie das andere Mädchen sehen.

Lizzy turnt an einem Stab, klettert aufwärts, rutscht wieder zurück. Eine Platte unter ihren Füßen dreht sich dabei. Dann zieht sie das Wenige aus, was ihren Körper noch bedeckt, langsam und unter dem Applaus und den wilden Blicken der Männer.

Dann ist die Stunde vorbei und Leonie sieht noch, wie Lizzy zu den Männern am vorderen Tisch geht und sich auf einen Schoß setzt. Einer steckt ihr einen Schein unter das knappe Oberteil.

Jetzt ist sie dran. Leonie steht auf – und läuft durch das schummrige Lokal in Richtung Ausgang. Wird von einem Mann festgehalten, der ihr an den Busen greift, reißt sich los und ist endlich draußen.

Als sie in der Pension ankommt und mit einer vorformulierten Erklärung im Kopf ins Zimmer stürzt, ist Julias Bett leer. Auch auf der Toilette ist sie nicht.

Vielleicht ist sie nebenan. Sie klopft vorsichtig an. Nur Christine schaut ihr entgegen. »Julia? Weiß ich nicht. Ich weiß nur, dass Franziska zum Einkaufen wollte, aber nicht zurückgekommen ist. Warum ist sie auch so unzuverlässig. Ich werde morgen ein ernstes Wort mit ihr reden.«

Alles scheint auf Leonie einzustürzen. Hatten sie nicht beschlossen, alles gemeinsam zu machen? Aufeinander aufzupassen? Mit wem trifft sie sich? Hat sie da etwas nicht mitbekommen? Kein Geld mehr für die Miete. Brieftaschen klauen? Das geht schon gar nicht. Nichts mehr im Kühlschrank. Als sie eingeschlafen ist, spürt sie auch den knurrenden Magen nicht mehr.

- 19 -
Domwache

Henrike hat wieder Dienst in der Domwache. Hauptsächlich, um Kinder zu betreuen, die ihre Eltern auf dem Gelände verloren haben oder umgekehrt.

Mal ist weniger zu tun, mal stürmt eine ganze Schulklasse in die Wache. Selbst der farbige Junge, bei dem sie ihr Englisch ausprobiert, spricht einen akzentfreien bayrischen Dialekt.

Streife gehen die jungen Kollegen der Bereitschaftspolizei. Als zwei Beamte in die Wache kommen, um Pause zu machen, erkennt sie Hajo.

»Hab ich doch gesagt, dass wir uns sowieso noch treffen.« Er freut sich, Henrike zu sehen.

»Wie ist es draußen?«

»Zu warm und zu laut, aber zu bewachen gibt es im Moment noch nichts, das kommt erst am späten Abend. Da huschen die Mäuschen so schnell an einem vorbei, dass man sie nicht mehr erwischt. Zur U-Bahn, aber leider auch Richtung Schaustellerwagen. Wir können nur hoffen, dass die Jugendlichen, die wir nicht erwischen, bei späteren Kontrollen auffallen.«

Henrike erinnert sich an ihr Zeit als Jugendliche. »Manche wollen nur mal den Trubel einer Großstadt erleben. So war ich auch.«

»Da hast du Glück gehabt, dass dich der hübscheste aller Luden nicht in die Finger bekommen hat. Du hättest ihm nicht widerstehen können. Luden fahren ja nicht nur Karussell mit den Mädchen.«

»Was machen die denn noch? Klär mich doch mal auf.«

»Du bist ganz schön kess geworden. Schlechter Umgang, da in der Davidwache.«

»Warten alle schon auf dich.«

Später hat er doch jemanden fest im Griff, trägt einen etwa Dreijährigen auf dem Arm, der mit seinem Heulkonzert die Marktschreier an den Lautsprechern übertönt und damit die Aufmerksamkeit der Kollegen auf sich zieht.

Bevor sie trösten kann, wozu sie ja da ist, sind die Männer mit ihren weichen Herzen in Aktion, vom Wachhabenden bis zum Bereitschaftspolizisten. Setzen ihm eine Polizeimütze auf, halten ihm eine Polizeikelle hin und legen sich selbst Handfesseln an. Polizeispielstunde.

Henrike schreitet nicht ein.

»Wo wohnst du denn?«

»Bei Mama.«

»In Hamburg?«

»In einem ganz großen Haus.«

»Wie heißt du?«

»Hä?«

»Wie sagt Mama zu dir?«

»Schieter.«

Männerhände reichen ihm Lutscher von der Zuckerbude. Dann bekommt er Stift und Papier. Jemand malt ihm einen Polizeistern, na ja, so ungefähr.

»Kannst du das auch?«

»Ja, kann ich.« Die Zunge malt mit.

Dann erscheint die aufgelöste Mutter.

»Hallo, mein Schieter, da bist du ja.«

Sie will ihn, glücklich wie sie ist, in die Arme schließen. Doch Schieter hat jetzt keine Zeit für Mama, er muss dringend malen und auch noch mal an der Scheibe von diesem schwarzen Telefon drehen. Seine Adresse schreibt er nun auch auf. Es könnte der Boden eines Hühnerhofes sein.

Dann verlässt die Mutter mit ihm auf dem Arm die Wache. Wieder jemanden glücklich gemacht.

»Man muss sich ja auch um den Nachwuchs kümmern«, sagt Hajo.

Wie meint er das jetzt?

- 20 -

Ohlsdorf-Termin

Henrike hat Manni lange nicht gesehen, immer ist eine andere Schicht dran. Oder er hat frei, wenn sie arbeiten muss oder andersherum. Als sie nach Hause kommt, ist es ihr recht, dass sie sich nach der Frühschicht ausruhen kann.

Gegen Abend klopft Frau Heuer an die Tür. Hat sie ihr Philetta-Radio zu laut gestellt? Wer kann schon Elvis leise hören? Der muss voll aufgedreht behaupten dürfen: »I can't help falling in love with you.« Ist doch noch nicht Mitternacht.

»Telefon für Sie.«

Ist wohl Manni, dem sie die Telefonnummer dann doch gegeben hat. Könnte ja mal was Wichtiges sein.

»Die Kriminalpolizei.« Die Wirtin schaut, als ob Henrike einen Mord begangen hätte. Und tatsächlich ist es wichtig, aber es ist Wolfgang. Sie kann sich vorstellen, wie er mit seinem Charme ihre Chefin überredet hat, ihm die Telefonnummer von POWin Siebert zu geben.

Wolfgang klingt nach gemischten Gefühlen. »Hüll dich am Montag in Schwarz. Beisetzung Yvonne. Wir treffen uns um 14 Uhr am Eingang gegenüber vom Bahnhof Ohlsdorf.«

»Du hast meine Vorgesetzte gefragt?«

»Klar, wichtige Ermittlungen. Das ist ja nicht gelogen.«

»Danke.«

»Was ist da so laut?«

»Meine Vermieterin guckt die Hitparade auf ZDF.«

»Z! D! F!«, intoniert Wolfgang. Er kennt sich aus mit Dieter Thomas Heck.

Dann legt sie auf.

»Wollen Sie ein bisschen mitgucken?«, fragt Frau Heuer. »Ist meine Lieblingssendung, sieht doch schmuck aus, der Thomas mit seinen dunklen Locken. Hat 'ne neue Brille auf.«

Henrike setzt sich, noch immer erstaunt. Bekommt ein Glas Sekt hingeschoben.

Da ist Frau Heuer schon wieder im Bann von Roy Black und unterstützt ihn gesanglich: Das Mädchen Carina.

»Oh, Ihr Glas ist ja leer.« Die Wirtin füllt es neu.

»Ab nächste Woche bin ich in Urlaub. Sturmfreie Bude für Sie. Wenn ich nicht da bin, kann mir das auch keiner ankreiden.«

Etwas beschwipst tapst Henrike nach wer weiß wie vielen Gläsern Sekt in ihr Zimmer zurück.

Die Vermieterin weiß nicht, wie sehr sie ihr geholfen hat, die Gedanken an den Montag erst mal zu verdrängen, auch durch ihre ungezwungene und gelassene Art.

Während sie das denkt, hat sie ihre dunkelsten Kleidungstücke schon herausgesucht. Nicht schwierig. Sie hat eine größere Auswahl in Dunkelblau und Schwarz.

Ins Bad und ins Bett. Gute Nacht.

*

Wolfgang sitzt draußen vor dem Laden für Kaffee, Kuchen und belegte Brötchen. Ein prüfender Blick auf die Passanten kann nicht schaden. Henrike holt sich auch einen Kaffee.

Dann fahren sie mit dem Bus auf dem Friedhofsgelände bis zur Kapelle 4. Vorbei am Weg, der zu den Polizistengräbern unter der Rotbuche führt, ein trauriges Kapitel. Vorbei am Wasserturm, an hohem Rhododendron und alten Grabstellen.

Vor der Kapelle steht nur der Mitarbeiter des Bestattungsinstituts. Sie tragen ihre Namen nicht in die Liste ein. Drinnen ist es dunkel. Nur ein Leuchter mit elektrischen Kerzen wirft etwas Licht auf den einfachen Sarg.

Arme Yvonne.

Einige Trauergäste haben sich noch eingefunden. Verdächtig sind eigentlich nur die, die nicht gekommen sind. Man will ja niemanden treffen, auf den man auch sonst nicht treffen möchte. Oder man atmet gerade gesiebte Luft. Im Hintergrund steht Burkhard auf dem Lauerposten, den er schließlich aufgibt und sich ihnen anschließt. Henrike kommt sich vor wie in einem Filmdrama mit Alain Delon. Doch er ist es nicht, der da drinnen allein in der dritten Reihe sitzt – es ist Manni.

Sie schaut stumm auf Burkhard. Und Burkhard weiß, was sie denkt: Also doch!

»Ich erklär es euch später«, sagt Manni leise und sie setzen sich zu ihm, lassen die kurze Predigt, das Vaterunser und das unvermeidliche »So nimm denn meine Hände …« an sich vorbeiziehen. Dann kommen vier Träger, um den Sarg zu transportieren. Die kleine Besetzung reicht aus.

Schweigend gehen sie hinterher, schweigend sehen sie zu, wie sich der Sarg nach unten senkt. Henrike lässt eine Rose ins offene Grab fallen.

Zwei Mädchen, Schulfreundinnen, tun es ihr gleich, umarmen sich und wollen gehen. Wolfgang sichert sich ihre Namen und Adressen.

*

Kurze Zeit später sitzen sie zusammen in einem nahen Café an der Fuhlsbüttler Straße. Henrike, Wolfgang und Burkhard schauen auf Manni, nachdem der Kaffee serviert wurde. Und Kuchen für die Kripobeamten.

»Ich bin euch eine Erklärung schuldig«, beginnt er. Alle schauen auf ihn. »Ich habe Yvonne im letzten Winter auf einer Fußstreife aufgesammelt. Sie saß frierend in einem Hauseingang. Ich wollte einen Rettungswagen rufen, aber sie wehrte sich dagegen. Da würde sie nie einsteigen. So habe ich sie also nach Hause gebracht und nur einen Bericht an die Jugendbehörde geschrieben. Seitdem habe nichts mehr von ihr gehört. Aber vergessen habe ich sie nicht. Dieses blasse Gesicht, diesen

Blick, hilflos und dankbar zugleich. Ich wusste nicht, dass ich hier auf euch treffe.«

Henrike sagt, warum. »Es ist das Mädchen, von dem ich dir erzählte, das Mädchen, das ich im Eros-Center entdeckt habe.«

»Den Namen hast du nicht genannt, ich habe auch nicht gefragt. Das ahnte ich ja nicht.«

»Aber du wusstest den Termin der Beisetzung. Woher?« Wolfgang muss mehr wissen, bevor er die Geschichte glauben kann.

»Ich habe eine Todesanzeige bekommen, über das Beerdigungsinstitut, sie ist in der Wache angekommen, darauf stand nur: für Hermann. Ich muss ihr meinen Namen damals gesagt haben.«

»War da jemand zu Hause, damals?«

»Ja, sonst hätte ich sie wieder mitnehmen müssen. An der Tür war Yvonnes Großmutter. Ich habe mir nur ihre Personalien notiert. Die Mutter ist bei einem Verkehrsunfall ums Leben gekommen, alkoholabhängig. Über den Vater konnte sie nichts sagen. Das war dann auch nicht mehr meine Sache. Die Kopie meines Berichtes habe ich noch. Darin steht auch die Adresse.«

»Aber warum ist die Großmutter heute nicht zur Beisetzung gekommen?«, fragt Henrike.

»Krank vielleicht, ängstlich, wer da noch kommen könnte, oder ohne Kraft. Alles nur Vermutungen.«

Sie rühren in ihren Kaffeetassen, in Gedanken. Keiner mag noch etwas sagen.

- 21 -
Dröhnen im Kopf

Leonie erwacht, als Julia am nächsten Vormittag ins Zimmer schleicht. Trotz ihrer Erleichterung, dass der Freundin nichts passiert ist, klingt ihre Frage nicht freundlich. »Kannst du dir nicht vorstellen, dass ich mich gesorgt habe?«

»Warum? Ich hab dir doch gesagt, dass ich mich mit André treffe. Hast du nicht zugehört?«

»Und?«

»Was und? Ich hab mich mit André getroffen. Es ging mir ja wieder gut. Ich war bei ihm zu Hause, die Eltern sind verreist. Ich konnte über Nacht bleiben.«

Leonie verflucht ihre Ängste. Darauf hätte sie kommen können. Was der Job am Abend vorher gebracht hat, wie es war, was sie machen musste, fragt Julia nicht. Leonie kann das nur recht sein, sie will es vergessen.

»Und was hast du für heute Abend geplant?«, fragt sie Julia stattdessen versöhnlich.

»Was du möchtest.«

»Noch mal ins Top Ten«, bittet Leonie, »wegen der Band.«

»Jetzt komm schon. Iss das frische Brötchen, alt schmeckt es nicht mehr, du Angsthase.« Julia hat Tee gekocht, den Tisch richtig schön gedeckt.

Leonie ist unsicher. Kann die Freundin so gut lügen? Sie will kein Angsthase sein und freut sich lieber auch auf den Abend.

Christine schaut ins Zimmer.

»Kommst du mit ins Top Ten?«, fragt Leonie.

»Nee, keine Lust.«

»Du sorgst dich doch um Franziska.«

»Nee, ach was, es ist nicht das erste Mal, dass sie sich herumtreibt. Die kommt schon wieder.«

*

Sie setzen sich an denselben Tisch, mit Blick auf die Bar.

Leonie hat nur Augen für die Band und wippt mit den Füßen. Klatscht mit und schon ist sie auf der Tanzfläche. Als sie zur Seite blickt, fällt ihr wieder der Typ auf, der mit Franziska geknutscht und danach Julia belästigt hat. Dann achtet sie nicht weiter auf ihn. Die Band spielt den Sommerhit von Mungo Jerry: *In the summertime.*

Was für ein Sommer.

Leonie tanzt. Mal allein, mal findet sich für kurze Zeit ein Partner. Sie liebt diese kurzen, unverbindlichen Flirts.

Tanzen macht durstig.

Getränke stehen schon auf dem Tisch, ein junger Mann, der neben Julia sitzt, prostet ihr zu.

»Bin Bertram, kurz Bert«, stellt er sich vor.

Leonie bedankt sich, trinkt, dann tanzt sie wieder, trinkt und tanzt. Dann will Julia weiterziehen. Mit diesem Bertram.

»Hast du durch den Schlamassel mit dem Losverkäufer überhaupt nichts dazugelernt?«, raunt Leonie ihr zu.

»Aber das kannst du nicht vergleichen. Er hat uns in ein Restaurant eingeladen, wirklich uns beide. Ich möchte lieber was Vernünftiges essen, Sekt mag ich nicht«, erklärt sie leise. »Wir sind doch zu zweit, du Angsthase.«

Sie verlassen das Top Ten. Die frische Luft verdoppelt die Wirkung des Getränks. Leonie hat allzu viel davon getrunken. Unwillig stapft sie hinter beiden her. Um sie herum ist es wie Nebel. War da nicht noch ein anderer Mann hinter ihnen? Sie bekommt das nicht mehr sortiert.

»Jetzt komm schon.« Julia lacht, ist albern, zieht sie mit. »Das Restaurant ist nur um die Ecke.«

Irgendein Menü steht da vor Leonie auf dem Tisch. Es riecht nach Knoblauch. Was für Viecher sind das auf dem Teller? Der Mageninhalt nimmt den Weg zurück, immer, wenn sie Knoblauch riecht. Sie eilt zur Toilette und dann nach draußen. Dieser Bert flirtet ja doch nur mit Julia. Beide werden es gar nicht merken, wenn sie nicht an den Tisch zurückkommt.

Im Zimmer fällt sie angezogen aufs Bett, holt tief Luft, kämpft gegen den Brechreiz an und wartet schon wieder auf die Freundin.

Julia ist ziemlich aufgedreht, als sie nach Mitternacht ins Zimmer kommt. Mit ihr lässt sich nicht reden, die Mahnungen prallen ab.

»Ist der nicht süß, und diese Grübchen? Das ist auf keinen Fall ein Lude. Der arbeitet in einem Kaufhaus in der Elektroabteilung.«

»Was nichts heißt, oder? Geht ja beides.«

»Muss ja nicht alles stimmen, was Franziska und Christine sagen.« Julia kriecht unter die Decke, dreht sich weg und schläft sofort ein.

*

»Und was ist mit André?«, beginnt Leonie die Diskussion, als Julia endlich aufwacht.

»Mit dem treffe ich mich heute Abend im Grünspan. Lass die Bedenken, wir genießen gleich ein schönes Essen.«

»Kein Geld mehr.«

»Aber ich«, sagt Julia, »jetzt komm schon.«

»Ja, Mama.«

Leonie vermutet, dass die Freundin nicht die Wahrheit sagt.

Und dieser Drink gestern. Leonie brummt noch immer der Kopf. Hatte den wirklich Bert spendiert? War das wirklich nur Sekt? Schmeckte das nicht irgendwie anders? Wer hat da was reingemixt? Der Kellner bringt die Getränke von der Bar, wo all die Kerle aufgereiht sitzen.

Julia würde ihr nicht glauben, der ist ja auch nicht übel.

»Jetzt trink den erst mal«, sagt Julia und hält ihr einen Becher Kaffee hin, »der hilft gegen das Dröhnen im Kopf. War gestern vielleicht ein Glas

Sekt zu viel. Vor allem in Verbindung mit den ohrenbetäubenden E-Gitarren und Drums.«

Leonie trinkt, aber es hilft nicht, gegen nichts. Ihr ist immer noch übel. Sie legt sich ins Bett, jetzt ist sie es, die nur noch schlafen will.

- 22 -
Dorfgerede

Das Verschwinden der Mädchen spricht sich in ihrem Heimatort herum. Zunächst wähnen die Nachbarn beide in einem Zeltlager an der Nordsee, wahlweise bei einer Jugendfreizeit der Kirche. Auch bei den Großeltern im fernen Oldenburg oder Gifhorn könnten sie sein, wie manchmal in den Ferien. Davon hätte man aber gehört.

Jeder flüstert es jedem zu, mit der Bitte, es keinem anderen zu erzählen. So ist es bald Dorfgespräch Nummer eins. Leonie und Julia wurden entführt, vielleicht werden sie von einem Mädchenhändler gefangengehalten oder sogar von ihm ins Ausland verkauft. Menschenhandel. Kein Wunder bei diesen Müttern, die alles erlauben. Da sieht man mal wieder, wohin antiautoritäre Erziehung führen kann. Bald schon würde die Uelzener Zeitung diese Vermutungen öffentlich machen, damit sie Wahrheit werden konnten.

Der Leiter der kleinen Sparkasse überdenkt seinen Bestand. Er will darauf vorbereitet sein, falls ein Lösegeld gefordert wird. Ein oder zwei Tage will er noch abwarten.

Polizeihauptmeister Schulte hat die Vermisstenmeldung von Leonie aufgenommen und weitergeleitet. Ob die Meldung für Julia gemacht wurde, wird er fragen müssen. Er vermutet, dass die beiden Mädchen sich auf dem Hamburger DOM herumtreiben. Sollen sie. Das Problem ist nur: Wo verbringen sie die Nächte?

Am Wochenende kommt es zu einem Treffen bei Leonies Eltern, um gemeinsam zu beraten. Aus welchen Grund sind die Töchter weggelaufen? Wer hat wen dazu animiert? Sie haben es doch gut in ihrem Zuhause. Die Stimmung ist düster, misstrauisch.

»Das Gerede im Dorf ist so, als hätte ich Leonie aus dem Haus gejagt. Ich mag schon gar nicht mehr einkaufen gehen«, sagt Mutter Bargmann, um die Stille zu unterbrechen.

»Das Gerede sollte Ihnen egal sein«, sagt der Lebenspartner von Cornelia, der noch rechtzeitig zum Treffen beordert werden konnte. »Sie sind doch nicht gestorben, sie wollen sich nur mal amüsieren. Übrigens: Ich bin Tobby. Er hebt sein volles Glas, aber niemand in der Runde reagiert. Trinkt er eben allein. »Warum sollten sie sich gerade auf dem Kiez herumtreiben? Was ist da denn interessant? Sie können ebenso in Berlin oder München oder auf Sylt sein.« Er streicht die Haare hinter die Ohren und zündet sich eine Zigarette an.

Frau Bargmann kramt im Geschirrschrank herum, um einen Aschenbecher zu finden. »Am Donnerstag beginnt die Schule. Was soll ich dem

Rektor sagen, wenn er mich fragt? Ich glaube nicht, dass sie bis dahin zurückkommen.« Sie stellt einen Unterteller vor Tobby hin, bevor er die Asche auf den Parkettboden schnippen kann. »Ich kann nicht tatenlos herumsitzen und das Telefon anstarren. Die sind in Hamburg, sagt Herr Schulte auch. Wir werden sie finden.«

Ihr Mann nickt. Beide haben schon Urlaub genommen und die Koffer gepackt.

»Tobby hat Julia vermisst gemeldet, danach ist das Sache der Polizei, sagt Cornelia. Tobby nickt.

»Morgen früh fahren wir los«, sagt Vater Bargmann.

»Wenn Sie sich da auskennen, bitte«, sagt Tobby, »ich nicht.«

Niemand hat die Chips angerührt, nur er hat ein Glas vom Oppenheimer Krötenbrunnen getrunken, mehr davon hat Tobby abgelehnt und will jetzt schnell nach Hause. Er hat schon die Hälfte der Sportschau verpasst. Also verabschieden sie sich.

»Ich verstehe Cornelia nicht, sie erscheint mir so teilnahmslos, so ohne eine eigene Meinung. Nur der Partner redet, und dazu dummes Zeug. Als ob ihr das Verschwinden der Tochter egal ist«, sagt Frau Bargmann.

»Aber dieser Tobby hat Julia doch vermisst gemeldet, hat Cornelia gesagt.«

»Herr Schulte weiß von nichts.«

»Vielleicht woanders, in Uelzen oder so.«

»Ist ein komischer Typ, findet sich unwiderstehlich. Was macht der eigentlich beruflich?«, will ihr Mann wissen.

»Arbeitet in einem Hotel oder so. Verhökert auch Luxuskarossen und Motorräder an Hamburger Prominenz. Sagt man im Dorf.«

»Eine seltsame Partnerschaft, die seltsamste von allen bisher.«

»Wir fahren morgen jedenfalls los. Ich wollte schon immer mal Hamburg besuchen. Aber der Anlass könnte erfreulicher sein.«

- 23 -
Wo ist Julia?

Ein wirrer Traum lässt Leonie gegen Morgen aufschrecken. Hat Julia sie gerufen? Aber wo ist sie? Es ist schon hell. Sie schaut auf das Bett neben ihrem. Die Decke ist glatt wie am Abend vorher. Julia war abends allein losgezogen. Rendezvous mit André, hat sie gesagt. Leonie war es recht. Wegen der Kopfschmerzen, die nicht nachlassen wollen. Ein Blick auf den kleinen Wecker sagt ihr: schon kurz nach zehn. Julia wird an diesem Morgen nicht mehr munter zurückkommen, sie spürt es.

Sie zieht sich an, versucht, einen Tee zu trinken, isst eine trockene Scheibe Brot. Sie muss nach draußen, an die frische Luft. In den Alten Elbpark. Julia suchen. Aber nicht mal das Wetter macht mit. Nach zehn Minuten fegt ein heftiger Wind über den Spielbudenplatz, treibt Getränkedosen und eine alte Zeitung vor sich her. Es folgt ein kräftiger Schauer. Wo soll sie so schnell hin, wenn sie nicht klatschnass werden will?

Ein knallrotes Neonherz blinkt über ihr. Da ist es ja: Das Herz von St. Pauli. Sie kann sogar durch die Spitzengardinen hineinsehen. An der Theke steht eine Frau mit kleinen braunen Kringellocken. Davor sitzt auf einem Barhocker ein rundlicher Mann mit vollen grauen Haaren. Andere Gäste gibt es nicht. Die Tür steht offen, mit einem Keil festgehalten. Sie wagt es. Wird freundlich begrüßt und setzt sich an einen Tisch.

»Einen Tee, bitte«, bestellt sie.

»Du hast doch sicher heute noch nichts gegessen.«

Woher weiß diese Frau das?

Leonie schüttelt den Kopf. »Nein, mag nichts essen.« Sie merkt, dass ihr knurrender Magen das Gegenteil behauptet.

»Ich hab Nudeln und selbstgemachte Soße, mit frischen Tomaten, Schinken, Zwiebeln und Sahne.«

»Mal sehen, ob mein Geld reicht.«

»Lass nur, ich lade dich ein.«

Die Wirtin bringt zwei Teller mit Nudeln. Der Mann rutscht vom Barhocker, setzt sich wie selbstverständlich zu ihr, sie essen gemeinsam. Leonie schmeckt es, besonders die Soße, als ob ihre Mutter sie gemacht hätte. Ach, Mama.

Dann schaut Leonie sich um. Hinter der Theke und an allen vier Wänden hängen Fotos desselben Mannes, dazwischen Zinnteller. Aus den Boxen erklingt »La paloma ade, auf Matrosen ohé …« Frau Klüver bemerkt den Blick. »Das singt mein Mann. Sie weist auf ein Foto hinter der Theke. »Ich bin schon acht Jahre Witwe.«

»Sie ist immer noch nicht drüber weg, die liebe Erika«, erklärt ihr der Tischnachbar leise.

Eine Gruppe junger Männer, vielleicht Mitglieder eines Kegelclubs, flüchtet vor dem Regen ins Lokal. Einer bestellt fünf Bier. Dann schauen alle in die Speisekarte.

»Labskaus gibt es hier. Das will ich«, sagt einer.

»Mit Rollmops und Gurke?«, fragen sie die Wirtin.

Sie nickt.

»Dazu Spiegelei und Rote Bete?«

Die Wirtin nickt noch mal.

»Fünf Mal, bitte.« Dann genießen sie erst mal ihr Astra.

Leonie erzählt ihrem netten Gegenüber vom DOM und von ihrem Heimatort bei Uelzen. Warum, weiß sie selbst nicht. Es ist eben gerade hier wie zu Hause.

Zum Abschied bedankt sie sich. Der Mann steht mit ihr gleichzeitig auf, umarmt sie und gibt ihr einen Kuss auf die Wange. Die Bartstoppeln kratzen in ihrem Gesicht. Aber sie empfindet diesen Kuss nicht als unangenehm.

»Komm bald mal wieder«, sagt er, geht dann in Richtung Küche, sicher, um schon mal die Spiegeleier zu braten.

Es ist, als ob sie aus einer vertrauten Welt zurückkehrt in die Wirklichkeit. Die Angst ist wieder da. Vielleicht ist Julia jetzt im Zimmer oder steht auf der Straße vor der Tür, weil sie keinen Schlüssel hat. Sie ist ja bis jetzt immer wiedergekommen. Doch schon, bevor sie um die Ecke biegt, weiß sie: Da ist keine Julia. Hat sie sich wirklich am Abend zuvor mit André getroffen? Oder mit diesem Bertram?

Tatenlos sitzt sie auf der Liege und starrt die Uhr an. Sie wird den Abend abwarten müssen.

Christine schaut ins Zimmer. Leonie schafft gerade noch eine Erklärung, dann kullern die Tränen.

»Die hängt in irgendeiner Kneipe rum und schläft in fremden Betten, wie Franziska«, sagt sie, »auf Sankt Pauli geht niemand verloren.«

Das stimmt niemals, will Leonie sagen, aber sie muss etwas anderes wissen: »Julia wollte sich mit André im Grünspan treffen, wo das ist?«

»Am Ende der Großen Freiheit«, erklärt ihr Christine, »sei vorsichtig, da hat jeder Joints und Hasch in der Hosentasche. Pass auf dein Getränk auf, damit dir keiner Qualudes reinmixt.«

»Was ist das denn? Wie sieht das aus?«

»Trink lieber gar nichts.«

»Methaqualon ist ein Mittel …« Christine merkt, dass Leonie keine Ahnung hat von der Wirkung. Sie vermag nicht, ihr zu erklären, was erhöhtes Verlangen ist, stottert, lässt es sein.

Dann geht Christine, Leonie bleibt zurück, das Angstgespenst leistet ihr Gesellschaft. Sie legt sich hin und zieht die Decke über den Kopf. Wacht auf nach einem kurzen, unruhigen Schlaf, zupft die Haare zurecht, zieht die Jacke an und macht sich wieder auf die Suche.

Zuerst das Grünspan finden. Sie eilt durch die Große Freiheit. Lässt sich von plumper Anmache nicht irritieren. Dann steht sie schon vor der bunt bemalten Fassade. Geht mutig nach drinnen. Sucht Tisch für Tisch nach Julia ab, dann mustert sie die Tanzenden. Einige bewegen sich zur Discomusik allein auf der Tanzfläche, wie in Ekstase. Manchmal muss sie warten, bis das flackernde Licht der modernen Lasertechnik die Gesichter erhellt. Kein blonder Haarschopf, der zu Julia gehört. Kein André, überhaupt keine Jungs vom DOM. Zurück. Kurzer Blick in den Kaiserkeller. Nein, da kann sie gar nicht sein. Auch nicht in einem dieser Erotik-Theater, Safari oder so ähnlich. Sie läuft hoch zum Silbersack. Fragt die Wirtin. Die schüttelt bedauernd den Kopf. Besorgt um sie wie die Wirtin im Herz von St. Pauli. »Mädchen, trink doch erst mal was, du siehst aus, als würdest du gleich umkippen.«

Da ist Leonie schon wieder draußen. Lieber weiter. Das Lemitz ist überschaubar mit der langen Theke. Und düster. Angetrunkene Dauerkunden, die sich an ihrer Bierflasche festhalten, als würde ihnen die jemand wegnehmen wollen. Lallende, unverständliche Antworten. Keine Julia.

Weiter zum Top Ten. Der Türsteher schaut weg, es ist schon weit nach 22 Uhr, aber sie muss ihn jetzt fragen. »Ich suche meine Freundin, die blonde, entsinnen Sie sich? War sie heute schon hier?«

»Nein, hab sie nicht gesehen.«

»Und gestern?« Er überlegt kurz. »Weiß nicht, aber kann sein.«

Er schaut weg und sie schlüpft durch den Eingang. Drinnen inspiziert sie, als sie sich ans Dunkle gewöhnt hat, die Männer an der Theke. Der Typ kantiger Glatzkopf ist nicht dabei.

Zurück ins Zimmer. Leonie durchsucht die Sachen der Freundin. Vielleicht gibt irgendetwas ihr Aufschluss darüber, wo sie sein könnte. In der kleinen Tasche findet sie ein Foto von ihr. Steckt es in ihr Portemonnaie. Vielleicht nützt es mehr, das Foto hinzuhalten. Nicht mal Geld hat Julia dabei, nicht mal zwei Groschen zum Telefonieren. Dann läuft sie wieder los.

»Willst du nicht wenigstens ein belegtes Brötchen essen? Salami ist noch im Angebot«, sagt der junge Mann in der Kiez-Tanke.

Leonie hört es gar nicht. Mutig geht's durch die Kastanienallee. Eine der Huren hat heute Interesse an ihr. »Wir können was gemeinsam machen und teilen dann, halbe-halbe.«

Erst da denkt sie an den Losverkäufer. Auf zum DOM.

»Diese Zicke«, kontert der, »dieses prüde Luder bei mir? Das glaubst du doch selbst nicht, dass die in meinem Wohnwagen auf mich wartet.«

Dann läuft ihr André über den Weg und sie umarmt ihn vor Erleichterung.

»Bist du mit Julia hier? Wo ist sie?«

»Ich bin richtig sauer. Wir waren verabredet und sie hat mich versetzt. Das ist nicht das erste Mal. Ich habe alles abgesucht. Hier ist sie nicht.«

»Dann ist ihr etwas zugestoßen, André! Dann ist sie … War sie neulich über Nacht bei dir?«

André verneint. Jetzt schaut er nicht mehr böse, sondern besorgt. »Soll ich dir suchen helfen?«

»Nee, danke. War schon überall.«

Leonie läuft weiter. Spürt ihre Beine nicht mehr. Noch zum Hafen runter. Vorsichtshalber. Da sollen doch diese Mädchen stehen, die sich auf alles Gewünschte einlassen, weil sie Knete für Hasch oder Koks oder sonstwas brauchen. Sicher hätte Julia Geld nötig, aber doch nicht von einem Kerl, der es mit einem Mädchen auf dem Rücksitz seines Autos treibt. Nein, das passt nicht. Auf halbem Weg muss sie sich ausruhen und setzt sich an den Rand des Fußweges. Geht dann langsamer weiter, die Helgoländer Allee hoch. Wie schön war es hier an dem sonnigen Morgen, als sie zum Hafen hinunterspaziert sind. Selbst Bismarck schaut besorgt auf sie herab. Schüttelt er gerade den Kopf? Auf zum alten Schlafplatz. Den Weg nach oben muss sie noch schaffen. Sie ruft nach der Freundin. Doch da antwortet niemand. Das erste Mal wünscht sie sich innigst, zu Hause zu sein.

Soll sie zur Polizei gehen?

Wie spät oder früh ist es eigentlich? Zurück in die Pension. Da wird Julia jetzt sein, »Du Angsthase!« sagen und sie auslachen. Doch sie ist nicht im Zimmer, auch nicht auf der Toilette. Christine schläft fest.

Leonie will nicht schlafen, sie muss weitersuchen. Es wird schon hell. Bei einem blonden Mädchen mit langen Haaren, das sie von hinten sieht, hofft sie, läuft schneller. Ruft sogar. Aber das Mädchen hat ein fremdes Gesicht.

Ihr wird schwindelig. Die Beine geben nach. Nur kurz hinsetzen. Einfach an eine Wand anlehnen und ein wenig ausruhen.

Da spürt sie, wie jemand ihren Arm umfasst. War sie eingeschlafen? Ihr ist kalt.

Leonie schaut auf, in blaue Augen. Ein Polizist in Blau. Ein blauer Engel.

- 24 -
Personensuche

»Arbeit für dich, damit du dich nicht langweilst. Das Mädchen saß vorm Café Keese. Steht alles im Bericht.«

Henrike hat wieder Tagesdienst am Sonntag. Sie hat nichts dagegen, allein in der Dienststelle zu sein, es ist ruhiger und lässt sich besser arbeiten. Aber manchmal sind Entscheidungen zu treffen, da hätte sie dann doch gern um Rat gefragt. Neulich hat sie einen Jungen übernommen, drei Köpfe größer als sie. Für den wäre sie gar nicht mehr zuständig gewesen. Die Kollegen der anderen Wache haben sich sicher gefreut, dieses ausgebüxte Früchtchen los zu sein.

Sie schaut also lieber noch mal auf den Bericht: Geburtsdatum 16. Mai 1955. Ja, ein fünfzehnjähriges Mädchen.

Auch einen Transvestiten würden sie ihr zur Durchsuchung nicht untermogeln. Gelingt den Kollegen nicht. Der Versuch hat sich unter den Beamtinnen herumgesprochen, und sie hat schließlich die *Davidswache,* den Film von Jürgen Roland, gesehen. Gewiefte Kundinnen verlangen schon mal männlichen Beistand bei der Durchsuchung, erst dann ziehen sie sich freiwillig aus. Und Zwang muss wirklich nicht sein.

Ihre Lieblingsschicht hat es schon mit anderen Tricks versucht, weil sie noch keinen selbstgebackenen Kuchen als Einstand mitgebracht hat, wahlweise eine Kiste Bier. Darf Astra sein.

Henrike nimmt den Bericht entgegen und geht mit dem Kollegen nach vorn. Das Mädchen sitzt auf der Bank, die kurzen braunen Haare zerzaust, müde, verweint. T-Shirt und Minirock sind schmuddelig.

Henrike schiebt das Mädchen in den Verwahrraum und durchsucht es, schaut in die kleine Umhängetasche. Keine Papiere.

»Wie heißt du?«

»Leonie, äh, Eleonore Bargmann.«

»Wo wohnst du?«

Ein offener Blick. Sie wird ehrliche Antworten geben. Nennt den Ort im Kreis Uelzen. »Seit fünf Jahren wohnen wir da.«

Die Polizistin sagt nichts dazu. Aber wie langweilig es dort sein kann, weiß sie. Konfirmandenfreizeit und Puschenkino, das war's. Sonja Ziemann und Adrian Hoven fallen ihr spontan ein. In den paar Jahren, sechs etwa, wird sich in dem Ort nicht viel geändert haben.

Als Leonie sich wieder angezogen hat, stellt Henrike weitere Fragen.

»Wie lange bist du schon in Hamburg?«

»Ich weiß nicht genau, eine Woche vielleicht.«

»Nur hier auf Sankt Pauli?«

Leonie nickt.

»Was hast du gemacht in der Zeit?«

»Getanzt«, sagt Leonie, sie lächelt sogar bei dieser Erinnerung.

Henrike schaut Leonie länger an. Sie fühlt sich mit ihr verwandt. Ja, tanzen, die Musik so laut wie möglich, die unangenehmen Gedanken wegschalten. Aber sie sagt es nicht.

»Wo hast du übernachtet?«

»Letzte Nacht gar nicht. Davor in einer Pension.«

»Wohnwagen von Schaustellern und das Bismarckdenkmal zählen nicht zu Pensionen.«

Leonie nennt den Namen. »Da sind auch meine Sachen.«

»Wovon hast du gelebt?«

»Hatte was gespart, zu Hause.«

Henrike geht und schließt den Verwahrraum wieder ab.

Karl trägt die wenigen Sachen, die sie dem Mädchen abgenommen hat, ins Verwahrbuch ein: Tasche, Armband, Kette, Gürtel und den Schlüssel. Da ist noch das Portemonnaie mit etwas Kleingeld. Henrike zählt es.

Dann zieht sie ein Foto aus dem Seitenfach. Sie schaut dieses Foto an, schaut es länger an. Es besteht kein Zweifel. Und sie hofft, dass dieses Mädchen darauf nicht hier auf Sankt Pauli ist, sondern zu Hause, bei der Mutter.

Sie wird fragen müssen und fürchtet sich vor der Antwort. Sie steckt das Foto in die Jackentasche. Der Wachhabende reicht ihr im Vorbeigehen ein Fernschreiben, das Ohr schon wieder am Telefonhörer. Sie liest das Schreiben. Die Mutter hat eine Vermisstenmeldung aufgegeben. Sie würde sie abholen.

Zurück im Dienstzimmer versucht sie, die Eltern zu erreichen. Vergeblich. Was komisch ist. Die Mutter müsste doch in Ängsten sein. Sie muss den Dorfpolizisten in seiner Sonntagsruhe stören. Doch der wirkt ausgeschlafen. Auf dem Dorf ist ein Wachtmeister immer im Dienst.

»Polizei, Hauptmeister Schulte. Guten Morgen.«

»Guten Morgen, Herr Schulte. Ich bin's, Henrike.«

»Oh, Deern, is was passiert? Nich mehr bei den Pfeffersäcken?«

»Doch, bei den Udels in der Davidwache.«

»Donnerlüttchen. Und deine Eltern, wie kommen die damit klar?«

»Die haben inzwischen verstanden, dass Hamburg nicht nur aus dem Viertel Sankt Pauli besteht und nicht nur eine Straße hat, die Reeperbahn heißt. Sind eh nicht da.«

Das weiß Herr Schulte. Herr Schulte weiß alles.

»Ich hab hier ein Mädchen, Eleonore Bargmann. Es gibt eine Suchmeldung, ich erreiche die Eltern nicht.«

»Ich glaube, die Bargmanns sind in Hamburg. Suchen die Leonie. Ich frag mal die Nachbarn. Das halbe Dorf weiß ihre Hoteladresse. Ich ruf zurück.«

»Danke«, sagt sie kurz. Nach dem anderen Mädchen fragt sie nicht, sie kennt die Antwort und will sie nicht hören.

»Und? Vermisst du uns und das Dorf auch mal?«

»Manchmal schon. Hier geht es hektischer zu. Und mir fehlt unser großer Garten.«

»Und? Hast du dir schon einen Polizisten geangelt? Wäre eine gute Entscheidung.«

»Ich bemüh mich.« Henrike sagt ihm die Telefonnummer für den Rückruf und legt dann auf.

Polizeihauptmeister Schulte. Im Sommer vor zwei Jahren hat er ihr an der Tür ihres Elternhauses einen Zettel in die Hand gedrückt. Darauf hatte er die telefonische Mitteilung der Hamburger Polizeischule gekritzelt: »Die Ausbildung kann am 1. Oktober beginnen.« So schlicht können Zusagen sein. Sie hat ihn vor Freude umarmt.

Dann geht die Beamtin zurück in den Durchsuchungsraum. Sie braucht noch Angaben zu Lokalbesuchen. Vielleicht wird sie Anzeigen schreiben müssen, wegen Verstoßes gegen das Jugendschutzgesetz. Bewirken würde es kaum etwas.

»Deine Eltern sorgen sich. Kannst du dir das nicht vorstellen? Sie sind in Hamburg und suchen nach dir.«

»Aber ich wollte doch nur, ich bin …«

»Die letzte Frage«, Henrike zieht das Foto aus der Jackentasche, »wer ist das auf dem Foto?«

Leonie schaut nur kurz darauf. Dann beginnt sie leise zu weinen. Aller Kummer, alle Ängste, entladen sich in einem Tränenstrom. Stockend erzählt sie von Julia, von der vergangenen Nacht. Sucht vergeblich nach einem Taschentuch. Die Polizistin holt ihr eine Rolle Toilettenpapier. Ihr ist selbst zum Heulen.

Eine Vermisstenmeldung für Julia Meister gibt es nicht. Warum nicht? Nach dem Jugendschutzgesetz gilt der Kiez für eine Fünfzehnjährige zu bestimmten Zeiten und ohne Begleitung von Erwachsenen als jugendgefährdender Ort. Dann hat sie hier nichts zu suchen. Henrike gibt das Foto und die Angaben an den Ersten Wachhabenden.

»Die Freundin, es gibt keine Suchanzeige.«

Er schaut es betroffen an. »Sie sehen sich alle ein bisschen ähnlich in dem Alter, bis auf die Haarfarbe und kleine Narben von Fahrradstürzen oder ein paar Leberflecken«, sagt er und sorgt sich ein bisschen mit Henrike.

Karl schaut von seinem Arrestantenbuch auf und verkündet: »Eine ganze Woche auf Sankt Pauli herumstromern und die große Freiheit genießen ohne entdeckt zu werden, ich wüsste gern, wie das geht.«

»Dich meldet keiner vermisst, das klappt schon«, weiß ein Kollege.

Dann tönt eine Frage durch die Wache: »Schreibt man Pony mit Doppel-n?« Der Kollege tippt die Beschreibung von Julia in die Suchmeldung.

»Sucht er ein Pferd?«, fragt Karl.

Ob die Meldung etwas bringt? Der Wachhabende weiß: »Polizisten entgeht nichts. Ein hübsches Mädchen schon gar nicht.«

Henrike hofft, dass es stimmt.

Sie schaut sich das Foto noch einmal genauer an. Der blonde Pferdeschwanz, das blasse Gesicht. Es wirkt auf sie, als ob Julia etwas erklären möchte. Bittend? Hilflos? Wann ist es gemacht worden?

Polizeihauptmeister Schulte hat inzwischen die Adresse des Hotels von Leonies Eltern durchgegeben. Er musste nicht lange herumfragen. Die Beamtin kann die Eltern dort jedoch zurzeit telefonisch nicht erreichen. Der Wachhabende will es weiter versuchen.

Henrike muss sich beeilen, sie will vorher noch mit der Vermieterin sprechen und das Zimmer näher anschauen.

Was ihr dabei hilft, ist die Uniform. Bei ihrem Anblick haben schon so manche Mitmenschen automatisch ein schlechtes Gewissen bekommen, sind ihr Sündenregister blitzschnell durchgegangen und haben sich bemüht, freundlich und harmlos zu wirken.

So ist es auch bei der Pensionswirtin. Sie beantwortet die Fragen der Beamtin bereitwillig, bleibt aber beharrlich an der Zimmertür stehen. Ja, sie habe zumindest das dunkelhaarige Mädchen, die Leonie, gestern noch gesehen. Vier Tage seien sie jetzt hier. Ärger habe es nicht gegeben. Ja, es sei alles bezahlt.

Henrike schaut unter Bettdecken, in Schubladen und Schränke. Vergisst das WC im Flur nicht. Nie wieder, seit der Erfahrung im Eros-Center. Da sie die Sachen der Mädchen nicht unterscheiden kann, steckt sie alles in eine Tasche zum Mitnehmen. Viel ist es nicht. Waschsachen, getragene Unterwäsche, zwei Paar Schuhe.

»Die Decken gehören mir«, sagt die Vermieterin. Sie bleiben da, sehen neuer aus als alles andere im Zimmer.

»Wohnen hier noch andere Personen, die so jung sind?«

»Ja, nebenan. Franziska und Christine. Die sind aber nicht da und ich hoffe, dass sie bald wiederkommen. Ich kriege nämlich noch die Miete für die letzte Woche.«

Henrike schaut dieses Zimmer flüchtig durch, die Vermieterin hindert sie nicht daran. Die Beamtin lässt sich die Mädchen beschreiben und notiert ihre Namen und Adressen. Ob sie stimmen, ist ungewiss. Sie nimmt sich vor, die Vermisstenmeldungen durchzusehen und am nächsten Tag noch mal nach den Mädchen zu fragen. Franziska und Christine aus Köln.

»Und meine Miete?«

»Ich nehme nichts mit, behalten Sie ein, was Sie möchten, aber erst, wenn ich weg bin.«

*

»Das sind die Eltern von Leonie«, empfängt der Wachhabende Henrike und weist auf ein Ehepaar, das ängstlich wirkt, vielleicht auch erleichtert.

Henrike nickt, begrüßt sie, ein jung wirkendes Ehepaar Ende dreißig, und bittet sie ins Dienstzimmer. Schiebt zwei Stühle zurecht. Bittet mit einem Lächeln, Platz zu nehmen. Sie kontrolliert die Ausweise, was eigentlich unnötig ist. Mutter und Tochter sehen sich sehr ähnlich.

»Wir haben die ganze Gegend abgesucht. Wir konnten uns vorstellen, dass Leonie und Julia hier am ehesten sein würden. Vermisst gemeldet haben wir Eleonore in unserem Wohnort, in der Polizeiwache.«

Henrike befragt die Eltern, will den Grund wissen und ob es Probleme gab.

»Ich hätte sie wegen der schlechten Noten nicht tadeln sollen«, sagt die Mutter leise. »Dazu kam der erste Liebeskummer, wohin mit den Gefühlen, in diesem Alter.«

»Und dann ist die Katze gestorben, sie wurde überfahren«, fügt der Vater hinzu. Er scheint mehr zu leiden als seine Frau. Töchter und Väter, Mütter und Söhne, das ist ein Thema für sich.

»Leonie ist ein vernünftiges Mädchen. Sie wollte tanzen«, sagt die Beamtin, »mal raus aus dem Dorf.«

Henrike versteht Leonie. Eigentlich müsste sie sich Bemerkungen verkneifen, denn alles Weitere liegt in den Händen der zuständigen Fürsorgerin. Sie mag mit aufgegriffenen Mädchen nicht so hart umgehen. In einen Peterwagen und dann in eine Polizeiwache geschoben zu werden, ist wirksam genug. Wenn deutliche Ermahnungen nötig sind, erkennt sie das schon.

»Schimpfen Sie nicht mit ihr, sonst läuft sie wieder weg, auch Stubenarrest und Fernsehverbot nützen nichts. Sie können sie ja nicht einsperren, ertragen sie auch mal laute Musik. Ich spreche aus Erfahrung. Ich kenne den Ort, meine Jugendzeit ist noch nicht so lange her. Zu Julia fragt sie nichts. Die Bargmanns fragen auch nicht. Wer will schon der Überbringer schlechter Nachrichten sein.

»Ich hole jetzt Ihre Tochter.«

Die Eltern nicken nur.

Mal schauen, was jetzt passiert.

Doch es passiert nichts. Anspannung und Angst fließen mit den Tränen davon. Für Worte ist jetzt kein Platz. Sie verlassen, immer noch umarmt, die Wache.

Die Vermisstensache Eleonore Bargmann ist abgeschlossen.

Aber wo ist Julia?

- 25 -
Christine

Es ist nötig, noch mal in der Pension zu ermitteln. Einerseits ist es gut, dass die Vermieterin Mädchen eine bezahlbare Unterkunft bietet, andererseits macht sie sich strafbar, wenn sie Minderjährige aufnimmt und ihre Gäste nicht meldet. Wenn Franziska und Christine noch nicht volljährig sind, dürfen sie dort nicht bleiben. Trifft die Beamtin die Mädchen an, müssen sie mit zur Wache genommen werden. Zu Fuß und allein wäre das riskant. Sie bittet Anne und zwei Kollegen um Unterstützung. Zu viert starten sie im Peterwagen.

Angekommen, gehen Anne und Henrike in die Pension.

»Eine ist da«, sagt die Vermieterin kurz. Begeistert klingt das nicht.

Christine schläft fest. Nur die dunklen Haare sind zu sehen. Wahrscheinlich war es eine anstrengende Nacht. Doch dann wacht sie durch die Stimmen im Zimmer auf, schaut verwirrt und erschrickt. Versteht sofort, dass die Frau mit den silbernen Winkeln auf dem Jackenärmel ihren Ausweis sehen will.

Was bedeutet: Entweder, sie zeigt den gefälschten Ausweis oder sie hat eben keinen. Henrike kennt diesen Gesichtsausdruck von anderen Fällen. Sie bleibt beim Sie, dem Aussehen nach ist Christine über sechzehn.

»Hab keinen«, sagt sie kurz. Was sie für die bessere Lösung hält. Die Konsequenz ist dieselbe.

»Begleiten Sie uns zur Wache, um Ihre Personalien überprüfen. Nehmen Sie Ihre Sachen mit.«

»Braucht man dafür gleich zwei Politessen?«

Weder Henrike noch Anne stellen das richtig, sie sind es gewohnt, werden auch schon mal als Bulletten oder Flintenweiber bezeichnet. Beide achten auf die Bewegungen von Christine. Henrike kontrolliert vorher die Kleidungsstücke, die Christine anzieht und Anne prüft, was Christine aus dem Schrank in die Reisetasche stopft.

»Wo ist Ihre Freundin Franziska?«

»Weiß ich doch nicht, muss die sich bei mir abmelden?«

Die beiden Polizisten stehen vor der Pensionstür.

»Kann losgehen«, sagt Henrike. Sie fahren zurück zur Wache, zurück zum »Stütz«, wie sie auch genannt wird.

Dann wird eine Beamtin von einer anderen Wache angefordert. Es könnte ein längerer Einsatz werden, keine weitere Kollegin steht zur Verfügung, Henrike will sich auf den Weg machen, weil Anne pünktlich nach Hause muss. Doch bevor der Kollege da ist, um sie mit dem Peterwagen abzuholen, bittet sie Anne um etwas Geduld und geht zu Christine in den Verwahrraum.

»Wissen Sie, wo Julia abgeblieben ist?«

»Julia, wer ist das?«

»Jetzt mal ehrlich: Können sie nicht mal ein wenig entgegenkommend sein? Sie könnte sich in Gefahr befinden.«

»Ich habe sie seit Tagen nicht gesehen. Nur mal kurz abends um die Große Freiheit rum.«

»Allein?«

»Ja, sie war wohl verabredet.«

»Mit wem, nach Ihrer Meinung?«

»Mir schien, als ob ein Lude scharf auf sie war, der mit einer Schwäche für Blondinen. Franziska hat er auch angemacht.«

»Wie sah der aus?«

»Wie Luden eben aussehen.«

Damit ist Schluss, Christine schweigt. Von mir kommt nichts mehr, sagt ihr Blick. Hat sie auch Angst?

Dann macht sich Henrike auf den Weg zur anderen Wache. Anne übernimmt die weitere Bearbeitung, den neuen Fall »Christine aus Köln«.

*

Nach etwa drei Stunden ist Henrike zurück in der Dienststelle. Anne ist noch da.

»Du wolltest doch rechtzeitig nach Hause.«

»Hab den Termin abgesagt, setz dich erst mal, ich muss dir etwas berichten.«

Anne hat rote Flecke im Gesicht und dreht nervös an ihrem Kugelschreiber. Henrike setzt sich ihr gegenüber und nickt.

»Christine hatte nur einen gefälschten Ausweis bei sich. Sie ist gerade achtzehn geworden. Also erst in drei Jahren volljährig, wie sie dann zugegeben hat. Es bestand eine Suchanzeige der Jugendbehörde. Sie sollte dem Mädchenheim zugeführt werden.«

»Also erst mal Schwanenwik?«

»Ja. Herr Kruse von der Fahrbereitschaft kam mit seinem VW-Käfer und alles lief glatt. Wir stiegen dort aus und gingen die Steintreppe hoch. Vor der Tür gab es aber eine Verzögerung. Die Heimleiterin verweigerte die Aufnahme.«

»Mit welcher Begründung?«

»Das Mädchen sei renitent, wiegele die anderen auf und wäre schon ein paar Mal entwichen, das würde sich nur wiederholen. In der Feuerbergstraße würde man sie auch nicht mehr nehmen.«

»Aber du hattest doch die Anweisung von der Jugendbehörde.«

»Ja, es hat etwas gedauert, bis sie einwilligte. Ich konnte Christine endlich in den Flur schieben. Eine Angestellte übernahm sie. Alles Weitere war nicht mehr meine Sache.«

»Und dann?«

»Ich bin zum VW zurück und wir fuhren los. Herr Kruse wollte sich in den Verkehr einreihen, sah nach hinten und sagte: Da läuft sie! Christine hatte zum Alsterstaffellauf angesetzt. Unmöglich, sie einzuholen, im engen Rock und mit Blockabsatzschuhen.«

Die Erfahrung hat Henrike schon hinter sich.

»Herr Kruse hat abenteuerlich gewendet und ist hinterhergefahren. Vor uns staute sich eine Autoschlange. Irgendein Fahrzeug muss gehalten haben. Vielleicht ist sie in eines eingestiegen. Jedenfalls habe ich Christine nicht mehr gesehen.«

Henrike kombiniert: »Dann ist der Fahrer uns von der Pension aus bis zur Wache auf den Fersen geblieben und danach dem VW mit Herrn Kruse, Christine und dir auf dem Weg zum Schwanenwik gefolgt. Verrückt – hab nichts bemerkt.«

»Sie war einfach weg, anders kann ich mir das immer noch nicht vorstellen«, sagt Anne.

»Jetzt wird sie jedes Angebot annehmen, um nicht mehr ins Heim zu müssen. Und so ein Lude oder Barbesitzer wird auf die Einnahmen von Christine nicht verzichten wollen. Wo hat sie gearbeitet?«

»In verschiedenen Clubs. Zum Schluss in einer Bar. Aber die hat oben noch Zimmer zum Vermieten.«

»Welche Bar?«

»Das herauszufinden, hat sie uns überlassen.«

»Du hast alles richtig gemacht.«

»Das erklär mal morgen der Vorgesetzten. Ich war schon froh, dass keine Kollegin mehr da war, als ich zurückkam. Wie hätte ich das erklären sollen?«

»Wir schildern ihr das beide morgen gemeinsam«, sagt Henrike. Sie merkt, dass Anne sich etwas beruhigt hat. »Wir können diese Mädchen ja nicht festbinden, je älter sie werden, desto größer wird ihr Freiheitsdrang.«

»Die Heimleiterin bekommt keinen Ärger. Wäre uns das passiert, als Polizistin, wäre das Gefangenenbefreiung, Paragraph 347 StGB, zweiter Absatz. Und neben dem schlechten Gewissen gäbe es auch noch eine Gehaltskürzung.«

»Mach jetzt Feierabend. Ich muss noch mal kurz in die Pension.« Es geht Henrike nicht nur darum, dort Franziska anzutreffen, sondern auch Julia. Sie muss der Vermieterin einschärfen, dass sie die Wache anruft, sobald auch nur eine von ihnen zurückkehrt. Bevor sie, vorgewarnt, wieder verschwinden.

Sie bittet Manni und seinen Kollegen, sie zu begleiten. Ein zweites Mal an diesem Tag ein Peterwagen vor der Pension, ein interessanter Tag für die Nachbarschaft. Zum dritten Mal steht sie der Vermieterin gegenüber, die verbissen guckt, aber nichts sagt.

Franziska ist nicht da. Julia auch nicht. Henrike sieht die Mädchen im Geiste schon tot am Elbufer liegen. Oder auf irgendeinem Hinterhof.

Sie schaut Manni an. Du sorgst dich zu viel, sagt sein Blick. Zurück zur Wache. Morgen kommt ein neuer Tag.

Denn immer, immer wieder geht die Sonne auf, singt Udo Jürgens, tröstet sich Henrike: Ich glaub an morgen, denn irgendwann stehst du vor mir.

- 26 -
Wo und wer?

Sie hört Stimmen. Dumpfe, erregte. Davon ist sie aufgewacht. Ein Streit. Wie zu Hause. Aber eine Frauenstimme ist nicht dabei. Wo ist sie hier? Und wie ist sie hierher gekommen?

Sie versucht angestrengt, sich zu erinnern. Entsinnt sich an eine Liege, die in einem Zimmer in einer Pension stand. Dort hat sie gewohnt, mit ihrer Freundin. Sie tastet vorsichtig die Unterlage ab. Eine Matratze. Härter als die in ihrem Bett zu Hause. Dicker als die Auflage der Liege in der Pension. Über ihren Körper hat jemand eine Decke gebreitet, sie kratzt.

Da war ein Mann, der neben ihr angehalten hatte, mit seinem Auto. Hatte er sie eingeladen zu einer Spazierfahrt? In ein Café? Sie muss ihn doch gekannt haben. Sein Auto erkannt haben. Oder warum ist sie eingestiegen? Es war ein Fehler.

Es ist gefährlich, in diesem fremden Raum zu sein, sie spürt es.

Sie musste diesem Mann vertraut haben, woher kannte er sie? Sie wird, weil sie durstig war, die Cola angenommen und aus der Flasche getrunken haben. Es war eher eine lange Fahrt. Kornfelder, Wiesen, ein beladener Anhänger mit

Strohballen, von einem Traktor gezogen. Daran kann sie sich noch erinnern. Dann muss sie eingeschlafen sein. Noch immer ist sie müde.

Von weit her, aus einem anderen Raum, hört sie Stimmen.

»Du hast es doch so gewollt.« Eine Männerstimme, rau, gereizt.

»Aber doch nicht so. Nicht betäubt. Du hast gesagt, sie würde freiwillig mitkommen.« Das war die andere, die hellere Stimme.

»Sie ist ja auch freiwillig eingestiegen, sollte aber nicht unbedingt mitbekommen, wohin die Fahrt geht. Das willst du doch auch nicht. Irgendwann hätte sie mir ins Lenkrad greifen können.«

»Du gibst doch gern damit an, dass du Experte fürs Anbaggern bist. Und dann hast du solche billigen Tricks nötig?«

»Ich habe sie angeschleppt, egal wie. Mehr war nicht vereinbart. Du hast ja so gedrängelt.«

»Und was machen wir jetzt mit ihr, verdammt noch mal? Wenn sie wach wird, könnte sie fliehen, einen Passanten um Hilfe bitten, ins nächste Haus laufen oder gleich zur Polizei. Ich kann sie doch nicht anleinen.«

»Was du mit ihr machst, ist doch keine Frage an mich. Das wird schon. Du wolltest sie doch genau hierher gebracht haben, in dieses Apartment.«

»Wenn das gegen ihren Willen war, wird sie sich nicht einfügen, sich wehren und für uns gefährlich werden«, droht die helle Stimme.

»Für dich. Ich bin da raus. Aber die Kohle dafür will ich haben, die steht mir zu. Jetzt gleich. Ich werde für eine Weile verschwinden, ist zu heiß hier gerade.«

»Blonde Mädchen gibt es reichlich. Da kann ich auf diese eine auch verzichten, mit der es so nur Probleme geben wird. Du kannst deine Eroberung wieder mitnehmen.«

Was ist das nur für ein wirres Gerede. Sie öffnet vorsichtig die Augen, sieht alles verschwommen. Zwei Männer, einer mit langen Haaren, kleiner als der andere, der eine Schirmmütze trägt. Kennt sie beide? Das Nachdenken strengt an. Die Augen schließen sich von selbst. Sie versucht, die Arme zu bewegen. Es gelingt ihr nicht. Der ganze Körper ist wie angeklebt, wie festgebunden. Sich tot stellen, das wäre am besten. Wie Tiere das machen, um nicht gefressen zu werden.

»Sie bewegt sich. Wir müssen handeln.«

»Gib ihr eine Spritze, dann bringen wir sie zum Auto und ich setze sie irgendwo ab. Sie wird sich an nichts mehr erinnern«, fordert die raue Stimme.

Stille.

Dann spürt sie einen Stich in den Arm.

»Bist du verrückt. Nicht zu viel, nicht schon wieder.«

Ein schriller Protest, aber den hört das Mädchen nicht mehr.

- 27 -

Suche nach blond

»Können wir nicht mal rumfahren, um nach Julia zu suchen?«, bittet Henrike.

»Ebenso kannst du versuchen, eine Nadel in einem Heuhaufen zu finden«, sagt Manni. »Im Moment schläft sie bestimmt noch selig in den Armen eines Schaustellers.«

»Und sehr bald gefällt dem Mädchen so ein Goldkettchen tragender Schönling. Ich möchte sie lieber vorher finden.«

»Alle Fußstreifen, auch auf dem DOM, und alle Peterwagen haben die Suchmeldung, reicht doch«, findet Manni.

Henrike hat Julias Mutter angerufen, von einer Telefonzelle aus. Im Dienst war so ein Gespräch mit jemanden, den sie gut kennt, nicht angebracht. Es wird übelgenommen, wenn persönliche Belange wichtiger werden als dienstliche.

Cornelia hatte dabei apathisch gewirkt, nur zögerlich geantwortet. Konnte eine Mutter so gleichgültig sein? War sie noch depressiver geworden?

»Warum fühlst du dich gerade für dieses Mädchen so verantwortlich?« Auch Manni versteht Henrike nicht.

»Das fragst du? Ist es dir nicht mit Yvonne genauso ergangen?«

Als sie vom Dienstzimmer aus hört, dass die Beamten von ihrem Streifengang zurück sind, geht sie nach gegenüber. Die Zivilfahnder sind eine Truppe für sich. Von der WP, die nur Kindern den Kopf streicheln und Rumstromerinnen zum Heulen aus Reue bringen, halten sie nichts. Sie zeigt ihnen trotzdem das Foto von Julia.

»Wenn ihr das Mädchen seht, bringt es her.«

Dann steht Manni mit der weißen Mütze unterm Arm da.

»Willst du oder nun doch nicht?«

Henrike nimmt ihren Stewardesshut, trägt auf dem Dienstplan für sich Ermittlungen ein und folgt Manni.

»Dürfen eigentlich Liebespaare zusammen im Peterwagen Streife fahren?«

»Nur bei Gefahr im Verzuge, die ist nach deiner Ansicht ja gegeben.«

»Auf der Bank da, das könnte sie sein«, vermutet Henrike schon bei jedem blonden Haarschopf. Sie steigt aus und kontrolliert die Jugendliche.

»Darf man nicht mal hier auf einer Bank sitzen und die Sonne genießen?«

»Ich tue, was ich tun muss«, sagt die Beamtin und geht zum Fahrzeug zurück.

»Nur noch in den Alten Elbpark.«

Schon wieder eine Blondine, auf dem Rasen des Parks. »Das ist sie – wirklich, Manni.«

Henrike wirft Hut und Schuhe fort und startet durch. Das Mädchen auch. Da kommt von der Seite ein Hund, wirft einen ziemlich großen Schatten. Kommt bedrohlich nahe. Fletscht die Zähne und beißt sich an ihrem Rock fest. Sie hat nichts, womit sie ihn abwehren könnte. Wem gehört er? Sie sieht, wie Manni losrennt. Irgendetwas hat er in der Hand.

»Nicht schießen«, ruft sie.

Ein Stock fährt in die Richtung Hund. Von irgendwo ertönt ein Pfiff und der Hund rennt davon.

Grüne Knie, Laufmaschen, ein Rock, der fast zum Minirock geworden wäre. Endlich weiß sie, warum sie den komischen Hut immer dabei haben muss. Sie stülpt ihn über die zerstörte Frisur.

Und dann lacht dieser Mann in Uniform, der angibt, sie zu lieben. Soll sie heulen oder mitlachen? Sie entscheidet sich fürs Lachen, damit nicht auch noch die Wimperntusche verläuft.

Angekommen, eilt Henrike die Steintreppe hoch, geradeaus durch den Wachraum II nach oben, und renoviert ihr Äußeres.

»Nichts?«, fragt der Wachhabende später.

»Nichts«, antworten Manni und Henrike knapp und synchron.

*

Feierabend. Der Spätdienst ist geschafft. Auf dem Weg nach Hause hat Henrike eine Idee. Sie zweigt zum DOM-Gelände ab. Dass es so viele blonde Mädchen gibt, ist ihr nie aufgefallen. Sie geht in die Domwache, zeigt das Foto von Julia herum und steht schon wieder vor Hajo.

»Hach, hat man dich aufgegriffen? Schon wieder von zu Hause ausgebüxt?« Alle lachen, es tut Henrike gut. Sie schwört Hajo, dass alles in Ordnung ist, obwohl er ihr das Gegenteil wohl ansieht. Dazu kennt er sie zu gut.

Hajo schaut auf das Foto. »Das haben wir schon bekommen. Noch ein blondes Mädchen, wie diese Yvonne. Ach du meine Güte, hoffentlich wird daraus jetzt keine Serie.«

Das hofft Henrike auch. »Erfolgreichen Streifendienst«, wünscht sie nur noch und geht.

Dass sie vorhat, den Platz mit den Schaustellerwagen zu inspizieren, sagt sie lieber nicht. Dunkel und still liegt er da. Alle kümmern sich noch darum, dass die Töpfe der Losbuden und die Kassen der Fahrgeschäfte voll werden. Nichts scheint verdächtig.

Dann bleibt sie an einem Kabel hängen und landet schon wieder mit der Nase im Gras, fällt einem Liebespaar vor die Füße, das sein Geknutsche unterbrechen muss. »Spannerin oder was?« Der Mann droht ihr mit der Faust. Immerhin hat er die weibliche Form benutzt.

Henrike rappelt sich auf. Für heute reicht es ihr. Sie will nur noch nach Hause.

- 28 -
Heiße Herzen

»Dieser Sonntag gehört mal uns«, hat Manni gesagt. Er kommt schon vormittags. Auf seiner Suzuki. Ohne Blumen, ohne Pralinen. Er hat Mitbringverbot für beides, eigentlich für alles. Nur er selbst ist willkommen. Kaktus Nummer zwei, den er in seiner Motorradtasche transportiert hat, nimmt Henrike dennoch gern an, da ist Nummer eins nicht so allein.

Sie wollen gemeinsam ein Menü hinbekommen. Die Zutaten hat Henrike besorgt. Ihr Vorrat in der Küche beschränkte sich bis dahin auf eine Tüte Nudeln, Schwarzbrot und Salz.

»Gemeinsames Kochen kann intimer und riskanter sein, als miteinander zu schlafen«, erklärt Manni. »Ähnlich wie gemeinsam einen Schrank von Ikea zusammenbauen. Es erfordert Einfühlungsvermögen.«

»Das Rezept ist einfach, begreifen auch Männer«, tröstet Henrike.

Manni bekommt das Schweinefilet hingeschoben. Sie selbst schneidet die Aprikosen in Scheiben. Hält dann inne.

»Ich würde gern für ein paar Tage in meinen Heimatort fahren, findest du das gut?« Salami-Taktik. Passt doch gerade.

»Ich denke, die Sitte braucht dich dringend, um bei den Ermittlungen zu helfen.«

»Genau das will ich. Offiziell würde ich Urlaub nehmen. Aber eigentlich möchte ich noch mal mit Leonie reden.« Von Cornelia sagt sie nichts. »Vielleicht ergibt sich so privat daraus etwas mehr.«

Manni muss beim Schneiden des Filetstücks zunächst auf seine Finger achten, dann taucht er ab, um eine Pfanne zu suchen. Nur bloß nichts beschädigen, gehört ja alles der Vermieterin.

»Leuchtet mir ein«, sagt er, als er die gefundene Pfanne auf den Herd gestellt hat. Mehr nicht.

»Hilfreich wäre auch ein Gespräch mit Herrn Schulte, dem Leiter der Polizeiwache. Der kennt seine Schützlinge.«

Jetzt muss Manni darauf achten, dass die Medaillons nicht anbrennen, dann würzt er sie mit Pfeffer und Salz, Henrike legt Käse und Aprikosenspalten darauf.

Gerade gekaufte Gläser mit Basilikum, Kreuzkümmel, Paprika, Ingwer, Oregano und mehr bleiben verschlossen.

»In fünfzehn Minuten sind sie fertig«, sagt er.

Warum sagt Manni nichts dazu, findet er die Idee nicht gut?

Der Reis ist inzwischen gar, die Nachspeise ist schon fertig.

Eine Creme mit Mascarpone, Joghurt, Sahne und Cappuccinopulver. Manni nascht und sagt: »Hm, lecker! Und ohne Kalorien.«

Da sich der Dunst aus der Küche verräterisch im ganzen Erdgeschoss verbreitet, laden sie die Dame des Hauses zum Essen ein. Aber die guckt gerade »Bezaubernde Jeannie« auf ZDF und möchte lieber beim Fernsehen essen. Oder beim Essen fernsehen. Oder will sie nicht stören? Sie freut sich über das tolle Menü und wird als Dank sicher nicht darauf achten, wann Manni das Haus verlässt und ob überhaupt.

»Okay«, sagt Manni kauend, als ob er lange über etwas nachgedacht hat.

»Die Medaillons? Lecker. Du wirst der Küchenchef in unserer Familie.«

»Nee, jetzt meine ich deinen Plan, der ist gut. Ich kann für zwei Tage nachkommen. Bin gespannt auf deinen Heimatort und den Polizeimeister.«

»Das wäre toll, danke. Herr Schulte ist schon PHM, Hauptmeister.«

Nach dem Essen räumen sie die Küche auf und fahren dann ein bisschen Bus, um die junge Stadt Norderstedt anzuschauen.

Warum Henrike sich nicht für eine Motorradtour begeistern kann – würde er das verstehen? Die Suzuki steht in der Beliebtheitsskala noch vor Frauen, wie bei allen richtigen Kerlen.

Auf dem Weg zur Haltestelle ist eine Kirche, nicht viel älter als die Stadt, die Johanneskirche.

»Guck mal, mit einem Hahn obendrauf.«

»Und sogar eine Schule für unsere fünf Kinder. Grundschule Friedrichsgabe.«

»Fünf? Oh, Mannomann, Manni, da musst du dich aber anstrengen.«

»Versprochen.«

Henrike amüsiert sich. »Guck mal, an der Ecke ist sogar eine kleine Polizeistation. Die junge Stadt sucht sicher noch ebensolche Polizisten. »Da kannst du bis zur Pensionierung bleiben.«

Gegenüber ein kleiner Supermarkt, A&O, um Einkäufe zu machen für Mann und fünf Kinder.

In der Mitte der Stadt ist statt eines belebten Zentrums eine grüne Wiese, daneben weiten sich Erdbeerfelder aus.

Keine ehrwürdigen Bauten, kein Stadtzentrum, bekrittelt nicht nur Manni. »Kultursteppe« hat eine Bildende Künstlerin diesen Zustand genannt. Wie wird Norderstedt wohl in fünfzig Jahren aussehen? Henrike denkt es nur kurz.

In Garstedt steigen sie aus. Ein aufstrebender Stadtteil mit großer Baustelle.

»Anfang September ist Richtfest. Dauert noch ein gutes Jahr, bis ich da dein üppiges Polizistengehalt ausgeben kann. Das wird das Herold-Center vor einer Pleite bewahren.«

»Das Richtfest war doch schon im September 67, vor drei Jahren. Weiß ich, war doch dabei. Gab Erbsensuppe und Musik: Wir binden dir den Jungfernkranz ...«

»Bitte nicht verwechseln: Ich sagte nicht Eros-Center, ich sagte Herold-Center.«

»Herold-Center? Sehr solide, dein Norderstedt.«

Es ist schön, eine Weile die Zukunft zu planen. Henrike genießt diese Momente mit Manni.

*

Am nächsten Morgen liegt ein Zettel von der Vermieterin auf dem Küchentisch. Es ist hoffentlich nicht die Kündigung wegen unerlaubten Übernachtens eines noch nicht angetrauten Herrn. Henrike liest das lieber gleich: »Sie können den Garten gern nutzen, ich komme erst nächste Woche zurück.« Frau Heuer stellt ihnen ohne Mietzuschlag eine sturmfreie Bude zur Verfügung. Behaupte noch einer, die Norderstedterinnen seien prüde. Jetzt muss Manni doch Blumen mitbringen, für eine tolerante Dame.

Das Wetter ist sonnig, so tun sie, was auf dem Zettel empfohlen wird. Frühstücken auf der Terrasse mit Blick in den Garten.

»So könnte es immer sein.« Manni nimmt Henrike die Kaffeekanne aus der Hand, stellt diese zurück auf den Tisch und umarmt sie ganz lange.

»Der Kaffee wird kalt und die Butter schmilzt«, warnt Henrike schließlich.

»Ich habe zwei Fragen an dich«, sagt er zögerlich, »eine leichte und eine schwere.«

»Die kann ich erst beantworten, wenn ich gefrühstückt habe.«

Manni gießt Kaffee in die Tassen. Zum Glück, denn ihre Hände zittern schon wieder. Sie grübelt. Was kommt jetzt? Sie kaut auf ihrer Brötchenhälfte herum und sagt schließlich: »Ich bin satt. Nun frag schon. Erst die leichte Frage.«

»Es geht um das, was ich gestern unterwegs versprochen habe.«

»Du wolltest ein Reihenhaus kaufen, aber das war ein Wunsch, kein Versprechen.«

Manni verneint.

»Du willst dich nach Norderstedt versetzen lassen?«

Manni schüttelt den Kopf.

»Du willst doch deine verlassene Verlobte heiraten.« Für diese Frage hat sie jetzt all ihren Mut zusammengenommen.

»Was soll das denn jetzt?«

»Was dann?« Henrike spürt, wie ihr Herz schneller klopft.

»Als wir uns gestern die Friedrichsgaber Schule angeschaut haben ...«

»... hast du mir versprochen, für Nachwuchs zu sorgen.«

»Und? Sind fünf Kinder in Ordnung?«

Jetzt muss sie lachen. »Ich gehöre zu den zwanzig Prozent der Frauen, die die Pille nehmen.«

»Ach, wie gemein.«

»Das diskutieren wir später aus. Jetzt also die schwere Frage.«

»Was vermutest du?«

»Du willst den Lehrgang für Kommissare machen. Du willst ein Restaurant in Friedrichsgabe eröffnen.« Mehr fällt Henrike nicht ein.

»Erste Vermutung: Lehrgang ja, nächstes Jahr. Zweite Vermutung: Restaurant nein. Es geht um Julia.« Manni macht eine Pause. Jetzt braucht er den Mut. »Warum ist es dir so wichtig, sie zu finden? Komm jetzt nicht mit dem Einwand, dass mir Yvonne auch nicht aus dem Kopf geht. Es stromern so viele Mädchen auf dem Kiez herum. Du kannst sie niemals alle retten. Warum gerade Julia?«

Henrike schweigt. Trinkt den Rest des kalten Kaffees. Bedauert, dass sie das Rauchen aufgegeben hat. Dann könnte sie sich jetzt eine Zigarette anstecken und dabei überlegen. Sie muss es Manni endlich erklären. Wann, wenn nicht jetzt?

»Julia kenne ich schon seit ihrer Geburt«, beginnt sie zögernd. »Ich sorge mich nicht nur, weil wir im selben Ort zu Hause sind, das ist bei Leonie ja auch so. Ich war acht, als Julia auf die Welt kam. Ihre Mutter war oft krank, psychisch labil. Ich war für Julia mehr noch als eine ältere Schwester. Ich war Vorleserin, Zuhörerin, Trösterin. Als ich in die siebte Klasse kam, wurde sie eingeschult. Die Hausaufgaben hat sie an meinem Schreibtisch gemacht. Oft ist sie über Nacht geblieben und schon mal unter meine Bettdecke gekrochen. Sie brauchte diese Zuwendung, die sie von Cornelia, ihrer Mutter, nicht erhalten hat.«

»Und deine Mutter?«

»Sie hatte nichts dagegen. Sie war jedoch zurückhaltender, weil sie Cornelia nicht verärgern wollte. Aber auch sie hat Julia ins Herz geschlossen. Wir haben Radtouren gemacht, ihre Volleyball-Mannschaft bejubelt, Weihnachtsmärchen im Uelzener Theater zusammen angeschaut. Wir haben beide zusammen einen Kurs besucht, um das Spielen auf der Panflöte zu erlernen. El cóndor pasa – das klang bei uns bald fast so sanft wie von Los Incas.«

Henrike stockt, es kommen zu viele Erinnerungen. Sie muss sich erst einmal besinnen. Dann erzählt sie weiter.

»Jetzt muss ich mehr zu mir erklären. Es fällt mir immer noch schwer. Julia war ein munteres, einfühlsames Mädchen und hat mich davor bewahrt, in ein tiefes Loch zu fallen. Ein Unfall meines damaligen Freundes – mit seiner neuen Suzuki. Da war Julia dreizehn. Auch sie hat ihn gemocht. Wir haben gemeinsam getrauert.«

Henrike stockt.

»Er hatte sein Leben noch vor sich – und dann war es plötzlich vorüber. Geblieben ist mir die Abzahlung für das Motorrad. Seinen Eltern wäre das unmöglich gewesen. Meinen Eltern habe ich davon nichts gesagt.«

Es ist still auf der Terrasse. Ab und zu fährt ein Auto vorbei. Doch die Sonne strahlt weiter.

Endlich ist es gesagt.

Dann fügt sie leise hinzu: »In letzter Zeit habe ich nicht mehr so oft an Julia gedacht, aber jetzt um so intensiver. Noch nie in meinem Leben hatte ich solche Angst um einen Menschen wie jetzt um Julia.«

Nun ist es Manni, der noch länger schweigt. Wie wird er reagieren?

Sie schaut ihn an.

Er wischt sich Tränen aus den Augen.

»Ja, jetzt verstehe ich dich. Erzähl mir all deinen Kummer, das habe ich doch auch gemacht. Wir müssen Julia finden, die lebendige Julia.«

Henrike kann wieder atmen.

- 29 -
Schlagzeilen

Am Montagmorgen ist es das gewohnte Bild, als Henrike an der Station Friedrichsgabe-Dorf in die Alsternordbahn einsteigt. Sie sieht kaum Gesichter. Die Männer haben die Zeitung aufgeschlagen und lesen den Sportteil. Gleichlautende Schlagzeilen präsentieren sich den Fahrgästen ohne Zeitung, mal regional, mal überregional, oft egal. War es gerade die Unterzeichnung des Moskauer Vertrages durch Brandt und Kossygin, dann der Tod eines DDR-Bürgers nach versuchter Flucht über die Ostsee, so ging es in der letzten Woche darum, dass der Bau des Flughafens Kaltenkirchen nun endgültig genehmigt wurde, von wem auch immer.

Doch als Henrike einen Platz gefunden hat und genauer hinsieht, ist plötzlich alles anders. In großer schwarzer Schrift schreit ihr die aktuelle Schlagzeile entgegen: Totes Mädchen auf dem Baugelände des CCH Hamburg entdeckt.

Sie dreht das Gesicht zum Fenster, sieht nach draußen, obwohl sie nichts sieht. Kämpft gegen die Tränen an.

Wie benommen steigt sie in Garstedt in die U-Bahn um. Möchte am liebsten die Augen schließen, um diese Schlagzeile nicht mehr zu sehen.

Ein Foto gibt es nicht, den Bericht dazu will sie gar nicht lesen. Solange sie keine Gewissheit hat, dass es Julia ist, fällt sie vielleicht nicht in Ohnmacht. Wie eine Ewigkeit erscheint ihr die Fahrt, bis die Bahn an der Kellinghusenstraße ankommt. Wieder umsteigen, endlich Sankt Pauli. Sie rennt los.

Ohne sich umzuziehen, läuft sie in die Räume der Sitte.

Wolfgang weiß, warum sie hereinstürmt.

»Es steht noch nicht fest, wer es ist. Nur, dass es ein zartes Mädchen ist, mit langen blonden Haaren. Der Zeitpunkt des Todes war irgendwann am Wochenende, der Fundort unter einem Baugerüst. Es muss nicht der Tatort sein. Es muss nicht Julia sein.«

»Wer denn sonst?« Henrike schluchzt. Wolfgang schaut ratlos.

Sie geht, hält das Gesicht unter einen kalten Wasserstrahl, tupft es mit dem Taschentuch trocken und geht nach unten. Im Dienstzimmer der WP werden die Aufgaben verteilt. Sie holt sich freiwillig die Mappe mit den Verkehrsermittlungen, wählt einen Schulunfall in Langenhorn aus, trägt sich im Dienstplan für Ermittlungen ein und verlässt die Wache in Zivilkleidung, wie es bei solchen Befragungen üblich ist. Niemand findet etwas Besonderes daran. Wenn ein Vorgang erledigt ist, so ist es zur Freude aller einer weniger.

Wieder in die U-Bahn. Nach Langenhorn. Am Kiosk kauft sie selbst eine Zeitung. Dann in den Bus und mit schnellen Schritten um die Ecke in den Mözener Weg.

Manni hat Spätdienst. Er öffnet die Tür. Sie zeigt ihm stumm die Schlagzeile. Er liest kurz und nimmt Henrike in den Arm.

»Ich kann jetzt nicht sagen, dass sie es vielleicht nicht ist. Es wird dich nicht trösten. Alles weist ja darauf hin.«

Sie umklammert die Tasse mit Kaffee, die Manni ihr hingeschoben hat. Vergisst zu trinken.

Jemand schließt die Eingangstür auf.

»Meine Eltern«, sagt Manni. An die hat sie überhaupt nicht gedacht.

»Ich werde schnell gehen, so verheult wie ich aussehe. Sie kennen mich ja gar nicht.«

»Zu spät, die Tür steht ja offen.«

»Kommt nur rein, Henrike ist gerade hier.«

Da stehen beide schon da. Manni kommt gar nicht zum Vorstellen.

»Oh, gibt's Probleme?« Die Mutter schaut Henrike besorgt an.

»Kein Liebesende, kein Streit, keine ungewollte Schwangerschaft«, umreißt Manni, was nicht passiert ist. »Ein tragischer Fall im Dienst.« Und dann ist da noch jemand, der Henrike tröstend in die Arme nimmt.

»Sie haben einen schweren Beruf …«

»Sagt gern du«, schlägt Manni vor.

Einen unpassenderen Zeitpunkt gibt es kaum, aber auf keinen Fall ist er so s-t-eif wie er bei einem Kaffeebesuch hätte werden können.

Ein Frühstück möchte Henrike nicht.

»Musst … du zum Dienst, ich kann dich bis zu einer U-Bahn-Station mitnehmen«, schlägt Mannis Vater vor. »Ich heiße Herrmann.«

Henrike versucht ein Lächeln. »Ja, weiß ich. Danke, aber ich muss in der Nähe eine Befragung machen.«

»Wir sehen uns dann in der Dienststelle.« Henrike verabschiedet sich. Versucht ein Lächeln.

Sie findet das Haus der Familie schnell. Der Junge humpelt ihr entgegen, das rechte Bein ist eingegipst. Ein Sturz im Sportunterricht.

Die Mutter setzt sich dazu, Henrike fragt, der Junge antwortet sehr präzise, beschreibt seinen Sturz eher so, als wäre es ein großer Spaß gewesen. Sie trägt alles in ihr Merkbuch ein für den späteren Bericht.

Dann verabschiedet sie sich. Dieser kleine Knirps hat sie ein wenig auf andere Gedanken gebracht. Das Leben geht weiter, nach einem Unfall, sogar nach einem Mord.

Sie fährt mit dem Bus zurück bis zur U1-Haltestelle Langenhorn-Markt, ein wehmütiger Blick geht zum Heidberg-Krankenhaus. Es war leichter, glückliche Wöchnerinnen zu betreuen, mit gesunden Babys im Arm. In der U-Bahn andere Fahrgäste, aber die Schlagzeilen sind geblieben.

Angekommen, sagt ihr die Vorgesetzte, dass ein Beamter von der Sitte nach ihr gefragt hat. Sie eilt nach oben.

Nein, Wolfgang hat keine neue Nachricht.

»Du kannst das Mädchen am ehesten identifizieren, bevor wir die Mutter vielleicht vergeblich in Schrecken versetzen, im Institut für gerichtliche Medizin und Kriminaltechnik.«

»Ja, natürlich mach ich das. Wo ist das?«

»Auf dem Gelände des UKE. Kann gleich losgehen, ich komme mit«, sagt er und bleibt dabei.

Wolfgang nimmt wieder den Dienstwagen. Auf dem Weg dorthin schweigen sie. Als er von der Gärtnerstraße nach links in die Martinisstraße einbiegt, spürt Henrike ihren Herzschlag überall. Hinter dem Krankenhausgelände des Universitätskrankenhauses Eppendorf fahren sie in den Lokstedter Steindamm, dann in die Straße Butenfeld. Henrike atmet tief durch und stapft neben dem Kripomann auf das Institut zu. Er fasst vorsichtig ihren Arm und weist ohne Worte auf den Weg.

Große Räume, weiße Fliesen, ein besonderer Geruch, vielleicht Desinfektionsmittel. Bilder wie in einem Film erscheinen vor ihren Augen. Aufgezogene Schubladen, Angehörige, die weinend zusammenbrechen. Henrike steht aufrecht, das meint sie jedenfalls. Da wird schon die Bahre herausgezogen, ein Tuch vom Gesicht gezogen. Sie schließt die Augen. Sie kann nicht hinschauen.

Sie muss es aber, dazu ist sie doch hier. Sie fasst Wolfgangs Hand und öffnet die Augen. Ein Gesicht, auf das Henrike zunächst nur starrt.

Wäre das Mädchen doch in der Pension geblieben. Dieses Mädchen, das gern weitergelebt hätte, um das sie trauern wird wie um Yvonne.

Es ist nicht Julia.

Es ist Franziska.

- 30 -
Sondereinsatz Sitte

Als sie am nächsten Tag zum Frühdienst kommt, wird Henrike schon wieder ins Dienstzimmer ihrer Chefin beordert. Ist es bereits aufgefallen, dass sie sich nebenbei um private Ermittlungen kümmert? Sie wird aufgefordert, sich zu setzen. Könnte sie bei einer unangenehmen Mitteilung umfallen?

Die Vorgesetzte schaut auf, die rechte Augenbraue ist nach oben gezogen. Das ist kein gutes Zeichen. Was kommt jetzt?

»Wegen des toten Mädchens … und der Suche nach … wie hieß sie noch?«

»Sie heißt Julia, noch ist nichts geklärt.«

Henrike wundert sich über ihre schroffe Bemerkung. Sie fühlt sich unverstanden. Aber niemand in der Dienststelle kennt ja ihren Kontakt zu dem Mädchen.

»Es wurde eine Arbeitsgruppe gegründet«, fährt die Vorgesetzte fort, »der Leiter der Gruppe hat darum gebeten, dass Sie nochmals an der Besprechung teilnehmen. Irgendwer hat das entschieden und ich habe keine andere Wahl.«

Wolfgang, denkt Henrike, er steckt dahinter.

Die Vorgesetzte ist noch nicht fertig, hat noch eine zusätzliche Erklärung. »Ich weiß, dass die

Presse Druck macht, die Journalisten wollen über Erfolge berichten.«

Henrike sagt lieber nichts dazu.

»In einer Woche zwei tote Mädchen auf dem Kiez – das sind zwei zuviel. Dazu das vermisste Mädchen. Natürlich fehlen Sie uns nun in der Dienststelle. Das gilt also nur für heute. Dann gehen Sie schon, in Zivilkleidung.«

Henrike geht mit ihrem Stewardesshut nach oben, legt ihn in den Schrank, hängt die Uniform dazu, zieht private Kleidung an, nimmt ihren Friedrichsgaber Steertpogg-Kaffeebecher – Motiv zweirädriger Torfkarren, gezogen von Herr und Hund – und geht zur Sitte. Im roten T-Shirt und im nicht ganz so langen Rock wie es die Uniformierung vorschreibt, sieht sie zivil aus.

Die Kollegen von der Sitte sitzen im Besprechungsraum. Zwei neue Kollegen stocken den Personalstand auf, Kuddel und Fiete. Im wirklichen Leben heißen sie Karl-Heinz und Friedhelm, aber das wäre ja nicht hamburgisch.

Sie gehen die Fälle nacheinander durch. Notieren, was sie schon ermittelt haben und genau wissen. Auch bei Franziska gibt es den Verdacht der Überdosis eines Betäubungsmittels durch Injektion, die Einstichstelle im Arm war zu erkennen, dazu gab es Spuren eines Betäubungsmittels im Magen. Ob mit Tötungsabsicht oder einer versehentlich zu hohen Dosis gespritzt, macht nur für den Richter einen Unterschied. Für Henrike nicht, für Franziska nicht. Das Mädchen ist tot. Und es kann nichts mehr zum Sachverhalt beitragen.

Jeder in der Runde erklärt, wo er weiter ermitteln will, wo er hofft, ein Stück voranzukommen. Dann machen sie sich alle auf den Weg.

Henrike geht mit Burkhard ins Eros-Center.

»Vielleicht ergibt sich etwas bei jemandem dort, den wir noch nicht befragt haben. Wir müssen es eben wieder und wieder tun, nach der Nadel im Heuhaufen suchen.«

Hat sie nicht gerade von Manni gehört, dass Ermittlungen dieser Art vergeblich sind? Umsonst ist das aber keineswegs, alles kostet Zeit und Kraft und verlangt Geduld.

- 31 -
Donna

Eine der Aufgaben, die den Heuhaufen verkleinern könnten, nimmt Wolfgang noch am selben Tag ins Visier. Ist immer gut zu wissen, wer im Milieu sich für eine Hilfe noch revanchieren sollte oder sich Pluspunkte erarbeiten muss. Er geht zu Fuß zum Eros-Center. Zum Glück steht Donna gleich vorn, er hätte sich sonst vor Angeboten nicht retten können, findet Wolfgang.

Im Kontakthof zu verhandeln, ist nicht ratsam, zu viele Augen und Ohren, wie er durch die Befragung von Emerita im Heidberg-Krankenhaus weiß. So spielt er eben den Freier.

»Hast du nachmittags Zeit, 15 Uhr?« Kaum hörbar fügt er hinzu: »Das Café am Ohlsdorfer Bahnhof.«

Sie nickt und sagt ein leises »Ja«.

Er weiß, dass Donna in der Nähe wohnt, und er hat auf dem Weg zur Beisetzung von Yvonne gesehen, dass man draußen vor dem Café neben der Rasenfläche weit abseits sitzen kann. Muss ja nicht jeder zuhören können.

*

Donna sitzt draußen, unter einem ausladenden Sonnenschirm mit HB-Werbung. Wie zum Protest raucht sie Gauloises.

»Ich habe keinen Parkplatz gefunden, erst fast vor Santa Fu«, erklärt er seine Verspätung.

»Laufen soll gesund sein.«

»Danke, dass du gekommen bist.« Wolfgang setzt sich ihr gegenüber.

»Erste Frage: Hast du schon etwas zu Mittag gegessen?«

Sie schüttelt den Kopf. »Du also auch nicht, da sind wir uns ja schon mal einig über die Bestellung.«

Ein junger, quirliger Kellner bringt die Karte. Wolfgang bestellt ein einfaches Fischgericht, Donna schließt sich an.

»So mache ich das immer, weil ich mich nie entscheiden kann oder dann doch lieber das Gericht bestellt hätte, was mein Gegenüber serviert bekommt.«

»Wie läuft das Geschäft?« Es ist eine rhetorische Frage.

»Wird immer schwieriger. Ich halte mich gern daran, was im Kontakthof abgemacht wurde. Aber die Wünsche sind oft größer. Stammkunden sind mir lieber.«

Donna sieht bezaubernd aus. Sie ist weniger grell geschminkt. Wolfgang versteht nicht, warum sie als Prostituierte arbeitet, vielleicht versteht Donna das selbst nicht.

Das Gericht wird sehr schnell serviert. Sie essen fast schweigend, wie ein vertrautes Ehepaar, ab und zu fällt eine alltägliche Bemerkung.

»Was willst du nun wissen?«, fragt Donna, als später der Kaffee serviert ist.

»Es geht um das Mädchen, das im Apartment entdeckt wurde und leider gestorben ist. Was wird so geredet?«

»Der Lude ist rabiat, er hat Frau Böttcher dazu gezwungen, das Mädchen einzusetzen. Niemand hat gewagt, das zu verhindern. Er hat Helfer, die er auch unter Druck setzt.«

»Die Großmutter, einzige Verwandte, ist am Tod der Enkelin zerbrochen. Yvonne ist einem Ungeheuer in die Fänge geraten.«

»Niemand traut Mary … Maria Böttcher zu, dass sie am Tod des Mädchens schuld ist. Wer nicht verstoßen werden will, muss gefügig sein. Ich hätte gehandelt wie Emerita und der Polizistin ebenso den Hinweis gegeben. Sie hat dafür büßen müssen – hat immer noch Schmerzen.«

»Was hat nach deiner Meinung zum Tod geführt?«

»Der Lude hat es geschafft, ihr Medikamente in Getränke zu mischen. Oder auch irgendein Zeug gespritzt, zu hoch dosiert. Als Warnung. Mordabsichten will ich ihm nicht unterstellen. Er hat im Center überhaupt nichts zu suchen.«

»Wie konnte sie diesem Mann so hörig sein?«

»Mary hat irgendwas gefaselt von einem Hotel mit Massagesalon und so. Darauf hat sie sich gefreut. Sie wollte raus aus dem Eros-Center. Er sollte sogar noch weiteres Personal suchen.«

»Und du hast dich beworben?«

»Ich hab schon von selbst zwei blaue Augen. Und meine Zähne möchte ich auch behalten. Vielleicht als Domina? Die muss ein guter Massagesalon ja auch im Angebot haben, mitsamt ihrer Ausstattung für besondere Kunden.«

»Wo steckt der Zuhälter? Wir finden ihn nicht.«

»Weiß ich ehrlich nicht. Hat sich unsichtbar gemacht. Auch den vom Lieferservice, der anschleppt, was er an jungen Blondinen gefunden hat, habe ich lange nicht gesehen. Küken-Kalle.«

»Wo könnten wir suchen?«

»Ich müsste mich umhören. Eine Dienstreise auf eine Sonneninsel wäre dir ja auch zu gönnen.«

Donna trinkt den Rest ihres Kaffees. Wolfgang steckt ihr einen Schein unter die Tasse und seine Telefonnummer. »Danke, Donna.« Manchmal kommt er sich vor wie in einem schlechten Krimi. Da werden Probleme durchweg auf diese Art gelöst. Wenn's doch wirklich so wäre.

»Kann ich dich mitnehmen?«

»Via Santa Fu? Nein, ich geh zu Fuß. Ist Mary schon woanders?«

»Nein, noch in Untersuchungshaft im UG.«

Donna verschwindet im Gang des Bahnhofs. Eine Frau zum Verlieben. Nur hat sie sich anders entschieden, als sie den falschen Mann kennenlernte.

Wolfgang grübelt, geht dann zum Blumenladen in der Passage und sucht eine weiße Lilie aus. Am Grab von Yvonne setzt er sich auf die Bank und steckt sich eine Zigarette an. Schaut in die Baumkronen, lauscht dem Rauschen. Ohlsdorf als letzte Ruhestätte, warum nicht? Yvonne hat jetzt ihren Frieden, wenn auch viel zu früh. Er wartet darauf, dass ihre Nähe ihn auf etwas bringt, was er übersehen hat. »Mädchen, erzähl mir doch, wie dir das alles passieren konnte?«

Ein Besucher schlendert mit einer Gießkanne vorbei und schaut erstaunt in seine Richtung. Wolfgang steht auf, legt die Lilie aufs Grab und geht.

- 32 -
Fahndungsplanung

Am Montagmorgen treffen die Kripobeamten nach und nach in der Dienststelle ein. Erst mal einen Kaffee. Burkhard stellt eine Schachtel mit Keksen auf den Tisch und greift als Erster zu. Er hat noch nicht gefrühstückt.

Wolfgang berichtet von seinem Treffen mit Donna. »Sie will sich umhören«, sagt er abschließend, »ob sie etwas herausbekommt, müssen wir abwarten.«

Dann erläutert Wolfgang den Bericht zu Yvonnes Obduktion. »Im Körper wurden Betäubungsmittel festgestellt. Und es gibt Spuren an einem Glas und an einer Flasche und im Bad, die weder Yvonne noch Frau Böttcher zugeordnet werden können. Festgestellt wurden Druckstellen am Körper, aber vor allem eine Einstichstelle am linken Arm. Unwahrscheinlich, dass sie sich die Spritze selbst verabreicht hat.«

»Das passt zur Aussage der Großmutter«, erklärt Fiete dazu. »Sie hat Yvonne als lebensfrohes, patentes Mädchen beschrieben. Sie hätte Unterstützung von der Jugendbehörde gebraucht, dann wäre das alles nicht passiert.«

»Auffallend ist, dass die Mädchen alle der gleiche Typ sind: blond, zierlich, jung. Yvonne, Franziska und Julia. Wem gefällt dieser Typ? Einem bestimmten Zuhälter? Oder gewissen Freiern?« Es ist Kuddel, der das fragt.

»Wohl beides, die Zusammenhänge sind offensichtlich. Deshalb haben wir nun noch den Fall Franziska zugeschoben bekommen. Und die Vermisstensache Julia wird folgen.«

»Es zeichnet sich ab, dass Maria Böttcher in den nächsten Tagen entlassen wird. Gut für uns, dann können wir observieren. Sie könnte uns zum Täter führen, weil garantiert eine Abrechnung fällig ist.« Das hofft Burkhard.

»Das geht nur sporadisch, für eine Dauerbewachung fehlt uns das Personal«, seufzt Wolfgang.

Alle schauen erfreut auf, als Henrike den Raum betritt. Fiete holt einen Stuhl.

Wolfgangs Bemerkung hat sie mitbekommen. Davon hat sie erst gestern im Hamburger Abendblatt gelesen. Der Bund Deutscher Kriminalbeamter – BDK – fordert 200 zusätzliche Beamte. Überstunden können nicht abgebaut werden, weil die Beamten erst ausgebildet werden müssen.

Henrike hört erst einmal zu, liest dann den Obduktionsbericht und rückt schließlich mit ihrem Vorschlag heraus, wie sie ihn mit Manni besprochen hat:

»Ich würde gern in meinen Heimatort fahren. Ich kann im Haus meiner Eltern wohnen. Ich habe dafür offiziell Urlaub beantragt. Dass ich ermittle, wird nicht auffallen. Ich würde gern mit Frau Meister, Julias Mutter, reden und auch noch mal mit Leonie, die mit Julia diese Woche auf dem Kiez verbracht hat. Was meint ihr dazu?«

»Eine gute Idee«, sagt Wolfgang und alle stimmen zu.

»Wenn meine Ermittlungen hier intern offiziell genehmigt werden, wäre das aber besser.«

»Brauchst du jemanden, der dich begleitet?«, will Burkhard wissen.

»Vielleicht wird Manni zum Wochenende kommen. Auf Polizeihauptmeister Schulte kann ich mich verlassen, ich kenne ihn seit meiner Kindheit. Soll ich anfragen, ob das möglich ist?«

»Lass mich das machen«, sagt Wolfgang, geht in sein Büro und kommt nach einer Weile zurück.

»Alles genehmigt. Vielleicht hätte ich noch mehr fordern sollen, Hotelsuite mit Frühstück und einen Leihwagen.«

Wieder stimmen alle zu.

»Polizeihauptmeister Schulte wird dich, wenn nötig, begleiten und den Kontakt zu uns halten. Wer davon weiß, dass du Polizistin bist, muss das nicht herumposaunen.«

Burkhard hat noch eine Mitteilung zu machen.

»Was Erfreuliches, auch für Henrike. Christine, die Freundin von Franziska, ist in ihr Elternhaus nach Köln zurückgekehrt. Die Kripo dort wird sie befragen und uns den Bericht schicken.«

»Ein Fall weniger«, sagt Wolfgang, »aber alle anderen bleiben uns erhalten.«

Er schaut Henrike an, als ob er ihr noch gute Wünsche mit auf den Weg geben möchte, sagt dann nur kurz: »Danke, und viel Erfolg.«

Henrike ist entschlossen, Wolfgangs Wunsch zu verwirklichen. Festen Schrittes marschiert sie die Treppe abwärts und verlässt die Davidwache. Sie hat es eilig, der erste Urlaubstag ist schon angebrochen.

- 33 -
Hausbesuch

Wie oft ist sie diese Strecke schon gefahren, zwischen Hamburg und Uelzen, wenn sie ihre Eltern besucht hat. Viele Jahre während der Tätigkeit als Krankenschwester, gefolgt vom Jahr in der Polizeischule und der Zeit in der Davidwache.

Manchmal war sie einfach losgefahren, wenn das Geld für die Fahrt reichte, ohne auf Verbindungen zu achten, saß dann in der Bahnhofsgaststätte, bis der Bummelzug fuhr.

»Wieder mal im Lande?« Der ältere Kellner im schwarzen Anzug erkennt sie wie immer. Es ist schnell wieder da, dieses Heimatgefühl.

Dörfer im Kreis Uelzen und in der Umgebung unterscheiden sich kaum voneinander, findet Henrike. Eine Kirche, eine Schule, ein kleines Einkaufszentrum am Dorfrand. Bei viel Glück daneben ein Baumarkt und ein Autohaus, und seien sie noch so klein. Damit die Männer beschäftigt sind, während die ihnen Angetrauten Lebensmittel fürs Wochenende im Einkaufswagen stapeln. Es gibt auch immer noch diese dichten Gardinen, Finsterlaken, würde Herr Schulte dazu sagen. Auf den Fensterbänken Alpenveilchen, Azaleen, Heidekraut, je nach Jahreszeit,

Kakteen immer. Wer dahinter steht und lugt, ist bekannt, aber nicht zu erkennen.

Ihr erster Weg führt sie in die Wache am Marktplatz.

»Oh, Deern, da hast du dir aber was in den Kopp gesetzt, 'n Bangbüx bist du ja nich.« Manchmal vermischt sich bei Polizeihauptmeister Schulte Hoch- und Plattdeutsch jeglicher Art.

»Danke, dass Sie mich unterstützen. Offiziell mache ich Urlaub.«

Herr Schulte legt den Finger auf die Lippen. Von ihm erfährt niemand etwas.

»Wo bist du morgen?«

»Bei den Bargmanns, ich will noch mal mit Leonie sprechen.«

»Soll ich mitkommen?«

Henrike schüttelt den Kopf. »Ich glaube, sie ist offener und konzentrierter, wenn ich allein mit ihr rede.«

Mitschnacker nennt Herr Schulte solche Täter. Mitschnacken klingt nicht so bedrohlich wie Entführen und Zwang zur Prostitution, aber das macht die Ermittlungen nicht leichter, die Taten nicht ungeschehen.

Dann geht sie einkaufen. Das Nötigste. Konserven hat ihre Mutter gebunkert wie für die nächste Hungersnot. Der Gefrierschrank ist voll, im Vorratsraum stehen Getränke.

Auf dem Weg zurück klingelt sie bei den Bargmanns.

Die Mutter öffnet und erschrickt. »Ist etwas passiert? Leonie wollte nur zum Schwimmen.«

Henrike erklärt ganz schnell, dass sie mit der Tochter noch einmal reden möchte, am nächsten Tag, wenn es passt. »Wenn jemand fragt: Ich mache Urlaub. Vergessen Sie die Polizistin.«

Sie müssen nicht Staub wischen und auch keinen Apfelkuchen backen, würde sie am liebsten sagen. Es wäre zwecklos, sie würde es trotzdem tun.

*

Am nächsten Nachmittag macht sie sich auf den kurzen Weg – bewaffnet – mit Fotos von der Sitte, einem Bildband über den Star-Club für Leonie und einem kleinen Strauß für die Mutter, oder umgekehrt. Je nach Neigung.

Leonie ist vorbereitet und freut sich, die Beamtin zu sehen.

»Sie wollen sicher erst mit Leonie allein reden«, vermutet die Mutter.

»Wenn Sie mir das erlauben.«

Die Mutter nickt und geht.

Leonie ist erschrocken über den Tod von Franziska. »Wer tut so etwas?«

Über ihre Ängste, dass es Julia hätte sein können, sagt Henrike nichts. Leonie fragt nicht.

»Hoffentlich …« Da kullern schon die Tränen. Dieses Mal hat sie ein Taschentuch.

»Ist dir etwas aufgefallen bei Franziska? Wie war der Umgang mit ihr?«

»Sie ist … war kess, aber auch arglos. Sie war verliebt in einen Zuhälter. Der sei charmant, fürsorglich und spendabel, hat sie erklärt. Für Franziska waren alle Luden schlechte Menschen, nur dieser eine eben nicht, dabei blieb sie.«

Die Beamtin zeigt ihr Fotos, wartet ab, ob sie jemanden erkennt. Die Aufnahme von Yvonne mit einem Mann am Strand ist nicht dabei, aber eine andere, nur vom Mann. Leonie schaut die Gesichter genau an, schüttelt den Kopf und tippt dann plötzlich doch auf eines. »Das ist der, mit dem Franziska getanzt hat. Dieser Glatzkopf. Wir dachten zunächst an einen Detektiv, von meiner Mutter beauftragt. Stimmte aber nicht.«

»Bei dir hat der Typ keine Annäherungsversuche gemacht?«

»Nee, ich bin ja nicht blond und auch zu dünn.«

»Woher kam der Sekt?«

»Von diesem Bertram, der da plötzlich neben Julia saß. Anzug, Krawatte, sah eher aus wie ein Bankangestellter. Ich trau ihm nicht zu, dass er da heimlich etwas reingemixt hat.«

»Der Sekt stand schon da, als du an den Tisch gekommen bist?«

»Ja. Vielleicht hatte der Kellner den Auftrag von einem der Männer an der Bar, oder einem ist das unbemerkt gelungen. Einfach nur ein schlechter Scherz.«

»An dem Abend habt ihr das Top Ten gemeinsam verlassen?«

»Ja. Julia, dieser Bertram und ich, glaube ich. Mir schien, als ob uns da jemand hinterher geschlichen ist. Hab das nicht mehr so richtig mitgekommen. Das Lokal muss in der Nähe gewesen sein, wir sind zu Fuß gegangen.«

»War dieser Bertram da bekannt?«

»Nein. Er ist auch auf keinem der Fotos. Julia ist anders als ich, zu vertrauensselig. Und sie hatte plötzlich Geld, von wem auch immer.«

Leonie steht auf und verlässt das Zimmer, kommt mit Saft und zwei Gläsern zurück, gießt die Gläser voll. »Mamas Johannisbeersaft, ohne Zusatz.« Ihr gelingt sogar ein Lachen.

Henrike lässt Leonie erzählen, von der Schule, von Philipp, der sich wirklich gefreut hat, dass sie wieder zu Hause war.

Dann gehen sie ins Wohnzimmer. Kein Staub, aber Apfelkuchen. Sogar mit Sahne.

Die Mutter schiebt das zweite Stück Kuchen auf Henrikes Teller.

Leonie erzählt weiter. »Dass sie sich mit André treffen wollte, stimmt wohl. Aber im *Grünspan* ist sie nie angekommen. Wäre ich doch mitgegangen. Vielleicht hätte sie es auch gar nicht gewollt. Ich mach mir Vorwürfe.«

»Musst du nicht, Julia ist für sich ganz allein verantwortlich.«

»Ich war, als ich so verzweifelt war, im *Herz von St. Pauli*. Die Wirtin war wie eine Mutter zu mir. Ein Tipp von den Jungs.«

»Wir waren noch zusammen in ihrem Lokal.« Frau Bargmann konnte gar nicht glauben, dass es solche fürsorglichen Frauen wie Erika Klüver auf Sankt Pauli gibt.

Leonie reicht ihr einen Zettel. »Das ist die Telefonnummer von Jens. Vielleicht wissen die Jungs mehr als ich.«

»Morgen besuche ich Cornelia«, sagt Henrike. Sie will die Reaktion testen.

»Dieser Mann hat sie nicht verdient. Er war nicht mehr da, seit Leonie zu Hause ist. Muss sich angeblich um ein Hotel kümmern.«

»Wo ist dieses Hotel?«

»Irgendwo in der Lüneburger Heide. Wir haben da mal rumgeguckt, aber nichts gefunden. Muss außerhalb liegen, eher an einer verkehrsreichen Straße. Oder das stimmt alles gar nicht.«

- 34 -
Bei Cornelia

Bevor Henrike am nächsten Tag Julias Mutter aufsucht, geht sie in die Wache, weil sie Fragen an Herrn Schulte hat.

»Cornelia kenn ich nur depressiv. Ist das so geblieben?«

»Es ist vielleicht noch schlimmer geworden. Seit ihr Mann gegangen ist, sucht sie nach einem Nachfolger, der ihm ähnlich ist. Aber es war kein einziges Mal der richtige.«

»Und der jetzige Partner? Eine Suchmeldung hat er nicht aufgegeben, ich habe nachgesehen. Obwohl er es den Bargmanns gegenüber behauptet hat. Vielleicht hat er sie selbst suchen wollen, um sie vor dem Aufgreifen durch die Polizei zu bewahren«, gibt Henrike zu bedenken.

»Ach was. Den hätten sie schon im Juli letztes Jahr mit auf den Mond schießen sollen und gleich da oben lassen. In letzter Zeit habe ich ihn überhaupt nicht mehr gesehen. Is jümmers achter de Fruunslüüd her, de Klookschieter.«

»Dat dat dat gifft«, sagt Henrike.

Herr Schulte lacht, schaut dann aber besorgt. »Mädchen, ich glaube du machst dir mehr Sorgen um Julia als ihre Mutter. War schon immer so.«

*

Sie hat sich telefonisch angemeldet, es schien ihr ratsam. Das Schild an der Tür ist noch dasselbe, von Julia aus Ton geformt, von gemalten Blümchen umrandet, steht da in Druckschrift: Familie Meister. Was ein wenig übertrieben ist. Eben Julias Wunsch. Sie drückt auf die Klingel. Vorsichtig öffnet sich die Tür und Cornelia umarmt Henrike spontan und lächelt. Sie trägt die blonden Haare wie Julia, zu einem Pferdeschwanz zusammengebunden, ist schlank und erscheint Henrike auf den ersten Blick unverändert.

»Komm rein«, sagt sie und zeigt in Richtung Wohnzimmer. »Du bringst hoffentlich keine schlechten Nachrichten.«

Henrike schüttelt den Kopf. »Ich mache Urlaub und dachte, ich schau mal vorbei.«

Schweigend gehen sie ins Wohnzimmer. Die Terrassentür steht offen und Cornelia schlägt vor, sich nach draußen zu setzen.

»Kaffee?«

Henrike schüttelt den Kopf. »Muss nicht sein.«

Cornelia holt Saft und Wasser aus der Küche, stellt dazu zwei Gläser und Kekse auf den Tisch.

Henrike muss das Gespräch eröffnen, um nicht womöglich bis zum Dunkelwerden schweigend dazusitzen.

»Habt ihr von Julia gehört?«

»Nein, warum sollte sie sich auch melden, sie wollte ja mit uns nichts mehr zu tun haben.« Cornelias Antwort klingt eher bockig als resigniert.

»Sie wollte tolle Ferien mit Leonie erleben, das hat mit dir nichts zu tun.«

»Sie hat sich auch zwischendurch nicht gemeldet? Oder eine Karte geschickt?«

»Auf der dann steht: Mir geht es gut, mach dir keine Sorgen. Was heißen würde: Lass mich in Ruhe.«

»Hat es mal einen mysteriösen Anruf gegeben, eine Lösegeldforderung?«

»Wir sind doch keine Millionäre, hier gibt es nichts zu holen.«

Nebenan klappert Geschirr, gegenüber mäht jemand den Rasen. Es wirkt heimelig und vertraut, aber auf jeder Terrasse, in jedem Garten, hinter Büschen versteckt, kann es Lauscher geben.

Henrike versucht es anders. »Du kennst mein Verhältnis zu Julia, ich kann deinen Kummer sehr gut nachempfinden.« Wie kann sie diese Mutter dazu bringen, Gefühle zu zeigen?

»Die amüsiert sich irgendwo an einem Strand, ausgestattet mit den blauen Scheinen eines Verehrers, sie hat uns vergessen.«

»Dazu ist sie viel zu jung, zu kindlich.«

Doch dann ist da doch eine Reaktion. »Neulich war ihre Stimme am Telefon, als ich nach dem Klingeln abnahm. Ich bin sicher. Aber dann brach das Gespräch mitten im Satz ab. Im Hintergrund war kurz ein Mann zuhören, eine Stimme wie die von Herrn Schulte.

Henrike schaut ungläubig.

»Nein, er war es natürlich nicht, aber es hörte sich so an. So hamburgisch.«

»Dein Partner arbeitet viel?«

»Tobby sagt, dass er viele Kundenbesuche machen muss, oder ein Motorrad oder ein Auto muss überführt werden. Er will genug verdienen für sein Wellness-Hotel. So was wird heute verlangt: Massagen, Moorbäder, Sauna und so. Wenn er es fertig eingerichtet hat, kann ich da bei ihm einziehen.«

»Nur du?«

»Wenn Julia wirklich zu uns zurückkommen will …« Cornelia zögert einen Moment. »Sie muss selbst wissen, was sie nun will.«

»Einige Tage vor ihrem Verschwinden fühlte Julia sich beobachtet und verfolgt. Habt ihr einen Detektiv beauftragt, sie zu suchen?«

»Nein, wir müssen sie ja nicht überbehüten wie eine Glucke, wie die Bargmann.«

Henrike will das nicht kommentieren. »Wo ist denn sein Auto- oder Motorradladen?«

»Am Einkaufszentrum Fischerhof.«

Das kennt Henrike. »Und dieses Hotel?«

»Weißichnich.«

»Ich denke, ich schau mir mal die Motorräder an. Manni, mein Freund, braucht eine neue Maschine. Schwer, sie günstig zu finden.«

»Mach das. Wann fährst du hin?«

»Morgen früh. Ich guck noch mal rein, bevor ich nach Hamburg zurückfahre.«

In Gedanken versunken geht Henrike zurück zur Wache.

»Wie war's?«; fragt Herr Schulte.

»Glücklich wirkt sie nicht. Das scheint nicht mal daran zu liegen, dass Julia vermisst wird.«

»Und ihr Kerl?«

»Sie sagt wenig über ihn. Ich glaube, sie weiß selbst nicht genau, was er so macht und wo er gerade ist. Sie wirkte im Gespräch so, als müsse sie Rechenschaft darüber ablegen, was sie mir sagt. Als müsste sie sich unterordnen.«

»Dat gifft Lüüd, de kööont Kattenschied in'n Düstern rüken.«

»Was heißt das nun wieder?«

»Is echt Uelzener Schnack: ein Wichtigtuer.«

»Das Autohaus am Fischerhof werde ich mir ansehen, wegen der Motorräder.«

»Mit der Bahn dahin? Denn fahr ich dich.«

»Nee, muss nicht. Ich darf Papas Opel nehmen.«

- 35 -
Gier

Er weiß: Ihre blonde Freundin ist Polizistin in der Davidwache.
Er weiß: Ich erkenne sie überall wieder.
Er weiß: Dieser Manni ist ihr Freund.
Er weiß: Die beiden suchen Julia und geben nicht auf.
Er weiß: Erkennen die mich, reimen sie sich alles zusammen.
Er weiß: Niemand wird mein Gesicht zu sehen bekommen.
Er weiß: Wenn die zwei mir gefährlich werden, müssen sie weg.
Er weiß: Wenn eine Drohung nichts nützt, dann eben die P38.
Er weiß: Gelingen würde mir unerkannt ein Unfall mit Todesfolge.
Er weiß: Die beiden finden mehr heraus als die Kriposchnüffler.
Er weiß: Vor dem Dorfpolizisten muss ich mich in Acht nehmen.
Er weiß: Dieser Landbulle kann durch Wände hören und sehen.

- 36 -
Heidestille

Henrike holt sich Brötchen aus der kleinen Bäckerei, sie freut sich auf ein gemütliches Frühstück. Schließlich hat sie Urlaub. Und weil Frühstücken ohne zu lesen langweilig ist, nimmt sie auch gleich eine Tageszeitung mit, die AZ, Allgemeine Zeitung der Lüneburger Heide. Ihre Mutter guckt immer zuerst auf der vorletzten Seite nach, ob jemand im Ort gestorben ist. Dazu kommt Henrike gar nicht, denn aus der Zeitung fällt ein Werbeprospekt.

Ein Hotel mitten in der Heide bietet neben blühenden Heideflächen auch medizinische Anwendungen an. Die Kosten übernimmt die Krankenkasse, so steht es da. Es gibt auch Angebote für Betriebsfeste. Am Sonntag Tanztee für Singles. Ihr Vater nennt das Putenrennen. Der Inhaber wird namentlich nicht genannt, nur eine Art Geschäftsführerin, aber die Adresse.

Dann also los. Erst in den Motorradladen in Uelzen. Für Manni Preise vergleichen.

Es ist ein eher kleiner Laden. Auf dem Hof stehen Neuwagen, drinnen Motorräder. Henrike mimt die interessierte Kundin, der junge Verkäufer erklärt ihr Funktionen wie Gänge, Tacho, Beleuchtung wie einem frühreifen Konfirmanden.

Günstigere Preise jedenfalls, muss sie Manni sagen.

»Sind Sie hier der Chef?«

Er lacht. »Nee, seh ich so aus? Aber meistens bin ich es wirklich, der Chef ist nur für spezielle Kunden da.«

»Wo ist er denn sonst?«

Der Junge zieht die Schultern hoch. »Weißichnich.«

Dann fährt sie in die von Reisebussen belebte blühende Heide. Sie nimmt die Strecke über die Dörfer, die sie am besten kennt und parkt eine knappe Stunde später vor dem Hotel. Sieht aus wie ein ehemaliger größerer Gasthof. Er erscheint ihr renovierungsbedürftig. Der Garten ebenso. Sie überlegt. Wenn sie schon hier ist, kann sie auch reingehen.

Es liegt an den kleinen Wandleuchten, die angeschaltet sind, dass die Schäden im Vorraum weniger auffallen. Obwohl sie weder genug Geld noch eine Zahnbürste dabei hat, fragt sie nach einem Zimmer. Die Dame hinter dem Tresen sagt, ohne nachzusehen: »Ist nichts mehr frei.«

Bis jetzt hat Henrike noch keinen Gast gesehen, aber in der Mittagspause ist das wohl so. Aber wenn sie schon hier ist, warum nicht einen Spaziergang machen? Jetzt gleich. Sie liebt die einsamen Sandwege, den leichten Wind, ab und zu tiriliert ein Vogel, dessen Laute sie nie zuordnen kann.

In dieser Stille hört sich ein Schuss an wie ein unerwarteter Donnerschlag. Zu sehen ist niemand. Sie geht lieber zurück. Ein älterer Mann geht gerade ins Hotel. Doch ein Gast.

»Ist hier vielleicht im Moment eine Treibjagd?«, fragt sie ihn.

»Eine Treibjagd? Warum?«

»Ich habe einen Schuss gehört.«

»Da irren Sie sich bestimmt. Vielleicht übt der Schützenverein.«

»Du hast zu viel Phantasie,« würde ihre Mutter jetzt sagen.

Henrike steigt ins Auto, sie sollte wegfahren. Ein Stück weißes Papier behindert die Sicht nach vorn. Sie steigt wieder aus, um zu lesen, was da auf dem Zettel steht: »wenn dier dein leben lieb ist laß das schnüfeln!!«

Also doch! Da weiß jemand mehr über sie als sie über ihn. Sie geht um das Auto herum. Auf der Beifahrerseite hat die Karosserie tiefe Schrammen im Lack. Oh je, Papas Schmuckstück. Jetzt nicht wie in Panik verschwinden, nur nicht einschüchtern lassen. Dann täte sie genau das, was der anonyme Schurke will.

Sie geht nochmals ins Hotel und fragt nach dem Chef.

»Der ist leider heute nicht da.«

»Wo erreiche ich ihn?«

Schon wieder ein »Weißichnich.«

»Kann ich mal telefonieren?«

»Das ist nur Gästen erlaubt.«

In der Ortsmitte gibt es sogar eine Telefonzelle. Das Telefonbuch ist an der Stelle noch unversehrt. Sie wird jetzt nicht aufgeben. Es kann Spuren um das Auto herum und Fingerabdrücke an der Scheibe geben. Der junge Polizist, der dann auf dem Fahrrad ankommt, findet das alles nicht so schlimm, bis sie ihm ihren Ausweis zeigt. Vom Schuss sagt sie erst mal nichts. Kann ja wirklich einer vom Schützenverein sein Gewehr getestet haben.

Der Trupp für die Spuren kommt aus Munster und das dauert seine Zeit. Aber dann erledigen sie gewissenhaft ihre Arbeit. Auch für den jungen Polizisten ist der Chef nicht zu sprechen. Er schreibt die Adresse seiner Dienststelle auf einen Zettel und bittet den Herrn Chef zu einer Vernehmung, am nächsten Tag, um 14 Uhr. Ansonsten gibt es auch in der Heide einen Postboten, der eine Vorladung zustellt.

- 37 -
Überfällig

Er wendet den Blick nicht mehr ab von der Wanduhr über seinem Schreibtisch. Der Zeiger dreht Sekunde um Sekunde ruckweise seine Runden. Inzwischen ist es dunkel geworden. Wo das Mädchen bloß bleibt? Die Geschäfte haben längst geschlossen. Eigentlich passt das nicht zu Henrike. Wenn Hauptmeister Schulte nur dieses Gefühl nicht hätte, dass etwas passiert ist, würde er jetzt Feierabend machen. Jemand im Dorf könnte bemerkt haben, dass Henrike nicht nur Urlaub macht. Eine Beamtin, die ihre Nase überall reinstecken muss, das gefällt nicht jedem. Aber vielleicht ist nur der Opel für ein zartes Mädchen wie Henrike zu groß.

Soll er die Kollegen in der Kreisstadt anrufen und fragen, ob irgendwo ein Unfall war? Da klingelt sein Telefon. Kann Frau Müller sein, die will, dass er den Hühnerdieb verhaftet, den es gar nicht gibt. Oder Herr Lüdecke, der den Zweitschlüssel braucht, weil er wieder nicht weiß, wo er den Erstschlüssel gelassen hat. Er will schließlich nach dem langen Abend in Ellas Kneipe in seinem Bett und nicht auf der Bank am See schlafen.

Er nimmt den Hörer ab. Es ist Henrike. Wenigstens ist sie ist noch lebendig.

»Bin auf der Wache irgendwo in der Lüneburger Heide. Eine knappe Stunde brauch ich noch.«

»Bist du verletzt?«

»Nein, kein Unfall. Obwohl Papa sein Auto jetzt nicht mehr mögen wird. Alles andere später.«

»Ich hol dich ab.«

»Nicht nötig, das Auto fährt ja noch.«

»Pass op an de Kurv achter dat Schild, dor is schon mannicheen inne Kuhl landt un nich wedder rutkamen.«

»Ja, mach ich, Herr Schulte, Sie müssen sich keine Sorgen machen.«

Er sorgt sich aber. Was kann da noch alles passieren. Die Deern hat was entdeckt, von dem sie noch nicht weiß, wie nah dran sie an der Wahrheit ist.

»Ik tööv solang.«

»Ach was, wir sehen uns morgen früh.«

- 38 -
In der Kurve

Am nächsten Morgen hat sich der Dorfpolizist Henrikes Bericht angehört, das Auto begutachtet und die auch grammatisch katastrophale Drohung gelesen hat. Dann sitzt er stumm da und grübelt – jetzt nicht stören. Die Lösung behält er sowieso für sich, bis er Beweise hat.

Henrike telefoniert im Nebenraum derweil mit Wolfgang. Zu Wort kommt er kaum:

»Leonie wusste nicht viel mehr. Frau Meister, Julias Mutter, sagt wenig und verschweigt viel. ›Weißichnich‹ ist hier die Standardantwort. Um ihre Tochter sorgt sie sich nicht. Ist sie so gefühllos oder weiß sie, was ihrer Tochter passiert ist? Ich war in einem Heideort und hab mir ein Hotel angeschaut. Ein Prospekt lag in der Regionalzeitung. Es bietet Massagen, Partys und so an. Nein, ich will da keinen Urlaub machen. Doch, da war ich schon richtig, denn an der Windschutzscheibe von Papas Opel klebte eine Morddrohung, die aber für mich bestimmt war. Er wird in Ohnmacht fallen, wenn er die Kratzer an seinem Auto sieht. Ja, alle Spuren sind gesichert. Tatwerkzeug ist ein Schraubendreher. Der junge Polizist aus dem Nachbarort sagte, dass dieses Wellness-Hotel auch ein Bordell ist. Er wusste außerdem die Adresse eines weiteren Hotels dieses Art, derselbe Betreiber. Irgendwo hinter Wedel, mit Elbblick. Das wusste er genau, aber Genaueres eben auch nicht. Manni bleibt nur einen Tag, dann sind wir zurück. Alles Weitere dann.«

Sie diktiert ihm noch die Telefonnummer von Jens, für eine Befragung, sagt kurz »Tschüs, Wolfgang« und legt auf.

*

Viel Zeit hat Manni nicht für seinen Besuch. Aber es reicht, um den kleinen Ort anzusehen und davon zu träumen, wie erholsam ein längerer Urlaub in der Heide sein könnte. Aber erst spart er für eine neue Suzuki.

»Ich war im Autohaus am Fischerhof in Uelzen, das Cornelias Partner betreibt, dieser Tobby. Da stehen günstige Motorräder. Willst du dir die nicht mal ansehen? Ist gut ausgeschildert. Ich werde mich in der Zeit von Leonie und Cornelia verabschieden.«

Manni ist einverstanden. Henrike und Motorräder, das geht gar nicht, weiß er ja inzwischen.

Vor der Tür verabschieden sie sich, Henrike winkt ihm nach. Ein ängstliches Ahnen ist da immer, dass ihm etwas zustoßen könnte. Aber die Straßen um Uelzen herum sind weniger belebt, und er ist ein versierter Motorradfahrer.

Sie macht sich auf den Weg zu Cornelia.

Das Gespräch verläuft schleppend, wie schon vorher.

»Bist du gekommen, um mich auszufragen?«, kontert sie ungewohnt laut.

»Nein, schon gut. Sag bitte Bescheid, wenn du von Julia hörst, alles ist wichtig.«

Als das Telefon auf dem Flur klingelt, nimmt Cornelia ab und geht mit dem Apparat am langen Kabel in die Küche. Henrike schaut sich in der Zeit gelangweilt die Fotos im Regal an. Cornelia scheint ihr nach diesem Gespräch verändert. Das Gesicht wirkt verschlossen.

»Ein unangenehmer Anruf?«

»Nein, warum?«

»Es klang so.«

»Du lauscht also auch noch.«

Henrike reicht es, sie verabschiedet sich. »Manni wird schon zurück sein aus Uelzen. Vielleicht hat dein Mann ihm ein gutes Angebot gemacht.«

»Ist nicht mein Mann.« Cornelia hat heute wirklich keinen guten Tag erwischt. Henrike mag es nicht, dieses komplizierte »Dein derzeitiger Lebensgefährte«. Warum kann die Freundin sich nicht entscheiden? Entweder: »Ja, bleib!« oder »Nein, dann geh doch!«

*

Das Motorrad steht nicht vor der Tür. Vielleicht macht Manni eine Probefahrt. Herr Schulte ist unterwegs, sein Dienstfahrzeug steht nicht vor der Wache. Er ist sicher zum Mittagessen nach

Hause gefahren. Sie hat also noch Zeit, um bei den Bargmanns eben Tschüs zu sagen. Für Herrn Schulte klemmt sie einen Zettel an die Tür, wo er sie finden kann. Leonie hat schon Schulschluss. Sie begrüßt Henrike freudig und bittet sie ins Wohnzimmer.

Durchs offene Fenster tönt das Martinshorn.

»Ach, das hört sich an, als ob da in der Kurve schon wieder ein Unfall passiert ist«, sagt Frau Bargmann.

Nur wenig später klingelt bei Bargmanns das Telefon. Leonie nimmt ab, reicht Henrike stumm den Hörer. Es ist Herr Schulte. »Manni ist auf dem Weg ins Krankenhaus Uelzen.«

»Was ist denn …?«

»Ich komm gleich und bring dich hin. Ein Unfall mit der Suzuki.«

Unterwegs sagt Herr Schulte nichts. So ist das bei ihm. Kein Gefasel, wenn er noch nichts Genaues weiß. Sie fragt auch nichts, die Angst macht es sowieso unmöglich.

Schon wieder ein Krankenhaus. Sie fragen sich durch. Warten. Henrike denkt zurück an den tödlichen Unfall des Freundes, der ihr Leben veränderte. Sie kann es nicht verhindern. Als ob sich alles wiederholt. Aber dieses Mal bringt sie das Warten fast um den Verstand. Herr Schulte schaut sie an und drückt ganz fest ihre Hand. Lieber Gott, lass das nicht wahr sein, mach es ungeschehen, betet sie stumm.

»Hätte ich ihm bloß nicht das Autohaus empfohlen.«

Herr Schulte fragt nach: »War er am Fischerhof in Uelzen?«

»Ja.«

Dann dürfen sie ins Krankenzimmer. Manni liegt dort allein. Er hat einen Verband um den Kopf, im Arm steckt eine Kanüle, tropfenweise rinnt Blut in seine Vene. Aber er ist ansprechbar.

Henrike wartet, bis er zu reden versucht. Es klingt leise, holprig, aber sie versteht ihn.

»Mich hat jemand in den Graben gedrängt, an dieser Kurve, sie muss ihm bekannt sein.«

»Ein weißes Auto?«, fragt der Hauptmeister.

»Nein, rot, mehr hab ich nicht gesehen.«

Herr Schulte schaut ihn an, als ob er etwas fragen möchte, aber dann lässt er es sein.

Auf der Rückfahrt setzt Herr Schulte Henrike am Bahnhof in Uelzen ab. Ihre Sachen können im Elternhaus bleiben, sie muss die Fahrt nun wieder öfter machen. Vor dem Frühdienst am nächsten Morgen sollte sie versuchen, wenigstens etwas zu schlafen.«

- 39 -
Paketzusteller

Es ist schon fast dunkel, als sie in Friedrichsgabe ankommt. Henrike schließt leise auf. So kann sie den Fragen von Frau Heuer ausweichen, wie denn der Urlaub war. Sie ist müde und zu keinem Gespräch mehr fähig. Doch die Witwe steht schon auf dem Flur.

»Oh, da sind Sie ja. Ich muss Ihnen unbedingt erzählen, was mir passiert ist. Kommen Sie doch einen Moment rein.«

Henrike folgt ihr ins Wohnzimmer. Dort tippt Frau Heuer auf einen kleinen Artikel in der Norderstedter Zeitung: Ein falscher Paketbote verschafft sich Zugang zu Wohnungen alleinstehender Frauen, um angeblich Pakete zuzustellen. Er lenkt die Frauen unter einem Vorwand ab und nutzt die Gelegenheit, Bargeld und Schmuck zu stehlen. Betroffene und Zeugen wenden sich bitte an die nächstliegende Polizeiwache oder nutzen die Rufnummer …

Nach dem Lesen schaut Henrike auf.

»So einer hat bei mir geklingelt. Mit einem Karton in den Händen. Er wollte unbedingt in Ihr Zimmer. Ich habe mal gelesen, dass solche Pakete auch Sprengstoff oder Bomben enthalten können. Rache an Politikern oder Polizisten wie Sie.«

»Und das haben Sie ihm erlaubt?«

»Wo denken Sie hin? Natürlich nicht. Doch er wurde richtig unangenehm und drängelte sich an mir vorbei. Da habe ich die Pistole gezogen und ich hätte auch abgedrückt, aber er war ganz schnell verschwunden. Was hätte Ihnen da alles passieren können? Sie haben ein gefährlichen Beruf.«

Henrike schaut erschrocken. »Es bestand auch die Gefahr, dass Sie diesen Boten verletzen oder töten.«

»Ach was, das war die Spielzeugpistole meines Enkels, hatte er vergessen. Hab ich ihm zu Weihnachten geschenkt, um meine Schwiegertochter zu ärgern. Sie glauben doch nicht, das jemand zum Mörder wird, wenn er eine Spielzeugpistole geschenkt bekommt. Aber die sehen richtig echt aus, diese Dinger.«

»Haben Sie die Polizei gerufen?«

»Nee, der war doch weg und kommt nicht wieder.«

»Wie sah er denn aus?«

Die Witwe beschreibt den falschen Boten sehr bildhaft. Henrike fragt, ob sie kurz telefonieren kann. Sie kann.

Auf der anderen Seite ist Mannis Vater. Bevor sie fragen kann, sprudelt es aus ihm heraus: »Ich wollte dir etwas zu essen bringen, du hattest ja keine Gelegenheit zum Einkaufen. Aber deine Vermieterin hat es mir nicht erlaubt. Armes Mädchen. Wir fahren morgen zu Manni, wenn es sein muss, jeden Tag.«

Als Henrike aufgelegt hat, überlegt sie eine Weile. Dann geht sie zurück ins Wohnzimmer. Frau Heuer hat ihr inzwischen eine heiße Gemüsesuppe hingestellt.

»Und?«

»Die Polizei sagt, dass der Täter gefasst wurde, er sitzt schon in U-Haft. Sie haben das wunderbar gemacht. Vielen Dank für die Suppe. Ich habe wirklich Hunger.«

Nun erzählt Henrike doch vom Urlaub, wenn auch nicht alles. Das Zuhören und der Trost der Vermieterin tun ihr gut. Sie trinkt folgsam zwei Gläschen Weinbrand zum Nachtisch, der angeblich gegen alles hilft. Den dritten lehnt sie dennoch ab und stolpert in ihr Zimmer. Stellt den Wecker und fällt ins Bett.

Ihr letzter Gedanke gilt dem Gespräch mit Cornelia, das keines war. Dann ist sie schon eingeschlafen.

- 40 -

Nur er

Er sagt: Ich brauche euch beide.

Er sagt: Ich liebe dich, weil sie dir ähnlich ist.

Er sagt: Sie ist anders als andere Mädchen in ihrem Alter.

Er sagt: Irgendwann wird auch sie mich lieben.

Er sagt: Ich gebe ihr Zeit, es wird gelingen.

Er sagt: Du wirst sie wiedersehen, wenn sie glücklicher ist.

Er sagt: Erzähl es niemandem, keiner wird dir glauben.

Er sagt: Wenn du mir nicht beistehst, wirst du immer allein sein.

Er sagt: Wenn du mich verrätst, hast du es nicht anders verdient.

Er sagt: Glaube nicht, was andere sagen.

Er sagt: Die Tür ist offen, sobald sie bleiben möchte.

Er sagt: Ich werde ihr nichts Böses antun.

Er sagt: Frauen muss man zu ihrem Glück zwingen, mit Gewalt.

Er sagt: Ich weiß, dass ihr beide mich verstehst.

Er sagt: Ich wünsche mir sehr, das ihr mich
beide liebt.

Er sagt so vieles, ich weiß nicht mehr, was ich ihm glauben kann.

Was ich der Polizistin, die nicht mehr meine Freundin ist, nicht habe sagen können, musste ich aufschreiben.

Sie würde mich nicht verstehen, weil sie meine Tochter liebt wie eine Mutter.

Das kann ich nicht.

Ich liebe ihn.

- 41 -
Kaffeepause

»Doch, es war ein erholsamer Tag«, sagt Kuddel, als die Ermittlergruppe Yvonne, die sich zur Gruppe Yvonne, Franziska, Julia ausgeweitet hat, zur morgendlichen Besprechung zusammensitzt.

»Wo ist eigentlich Henrike? Wollte sie nicht gestern zurückkommen? Sie passt auch in das Muster jung und blond. Müssen wir uns sorgen?«

Alle schauen Kuddel erschrocken an.

In diesem Moment erscheint Henrike im Besprechungsraum, in Uniform. Sie hat sich nach oben geschlichen, ihre Kaffeepause kann sie auch bei der Sitte machen. Sie will zu gern wissen, was die Kripokollegen erreicht haben.

»Wir haben Containerschiffe gesehen, die heißen Füße im Elbwasser gekühlt, irgendwo kurz vor dem Verhungern an einem Fischbrötchen herumgekaut. Wie Urlaub«, beschreibt Fiete den vergangenen Tag. »Eine Massage wäre da wohltuend gewesen. Aber ein Laden, der auf die vage Beschreibung gepasst hätte, muss unserer Aufmerksamkeit entgangen sein.«

»Alle Einrichtungen, die wir aus Branchenbüchern herausgesucht und von Gewerbeämtern bekommen haben, erwiesen sich als harmlos, nirgendwo ein verführerisches Angebot«, ergänzt Kuddel, »weißt du wie lang die Elbe ist, bis sie in die Nordsee mündet, Henrike?«

»Hat denn wenigstens die Befragung von André und Jens etwas ergeben?«

»Sie waren hier«, sagt Wolfgang. »Ganz normale Jungs. Sie haben die Mädchen auf dem DOM kennengelernt und sich manchmal verabredet. Sie wirkten traurig, aber nicht schuldbewusst.«

»André hat bestätigt, dass er mit Julia im Grünspan verabredet war, sie sei aber nicht gekommen. Andere Jungen, die André gefragt hat, haben Julia in einer Nebenstraße gesehen. Ein weißer Mercedes würde da öfter rumkurven. Ob sie eingestiegen ist, wusste keiner von ihnen«, ergänzt Burkhard.

In dieser Runde zu sitzen, verbessert ein wenig ihre Stimmung, aber die Kollegen bemerken, dass Henrike irgendeinen Kummer hat.

»Ist etwas passiert seit unserem Telefonat?«, fragt Wolfgang.

Henrike schildert den Unfall von Manni, sagt auch, was sie vermutet. »Ich konnte nicht herausbekommen, was im Kopf von Herrn Schulte vorgeht. Erst wenn er alles überprüft hat und sich sicher ist, wird er darüber reden und handeln.«

»Ich werde dafür sorgen, dass du in unserer Gruppe bleibst. Dann kannst du deine Zeit besser einteilen und nach Uelzen fahren. Sagen wir mal, zu Vernehmungen.«

Henrike protestiert nicht. Sie sagt leise: »Danke.«

Der Erste Wachhabende schaut sie an, als sie nach Dienstschluss an ihm vorbeigeht. Er hat die Krankmeldung von Manni bekommen. Er kann nichts vorschlagen, um ihr zu helfen, dafür ist die Vorgesetzte der WP zuständig. Es reicht sein Blick, sein Händedruck, um zu trösten.

Dann muss sie doch zusehen, dass sie schnell nach draußen kommt.

- 42 -
Edelstahl

Emerita, die Verdienstvolle. Diesen Namen hat sie irgendwann auf dem Kiez bekommen, benannt nach einer Heiligen, einer Jungfrau, einer Märtyrerin, oder auch nur, weil sie Emma oder Rita heißt. Nun heckt sie gerade einen Plan aus, um diesem Namen auch gerecht zu werden. Sie fühlt sich noch immer geschwächt, seelisch und körperlich, aber auch richtig stark, wenn die Wut auf den prügelnden Luden sie überfällt. Schmerzen hat sie noch immer. Doch sie steht schon wieder im Kontakthof, wo soll sie sonst auch hin? Zwischen all den Frauen fühlt sie sich noch am sichersten.

Als es passt, zieht Emerita unbemerkt Donna in eine abgelegene Ecke.

»Ich hab mit Mary gesprochen, sie ist frei. Können wir uns mal zu dritt treffen? «

»Wo?«

»Bei Mary. Ihre Wohnung hat sie behalten.«

»Morgen, 15 Uhr?«

Donna nickt, muss ja wohl einen triftigen Grund haben. Emerita sagt ihr noch die Adresse.
»Mehr geht jetzt nicht, Lauscher.«

Die Erfahrung hat sie schließlich hinter sich.

*

Es ist eine seltsame Kaffeerunde, die da zusammensitzt. Mary zeigt erst mal ihr bescheidenes Zuhause, mit vielen Volants und Rüschen.

»Besser als nichts, ich arbeite jetzt für mich, kann ich euch auch raten. Man muss es bloß erst mal schaffen, sich zu lösen. Die Kunden mögen das. Sie rufen an und bekommen einen Termin.«

Dann schenkt Mary Kaffee ein, sie hat sogar einen Gugelhupf gebacken.

»Wie geht es dir sonst, wie hast du die U-Haft verkraftet?«, fragt Donna vorsichtig.

»Schwer. Wenn es um Kinder und Jugendliche geht, die auf diese Weise sterben mussten, wird der Verdächtige gemieden. Ich habe viel zu lange alles geduldet. Der Tod von Yvonne war ein Schock, der mich erst dazu gebracht hat, mein Leben zu überdenken.«

»Ist schwer zu ändern, wenn man den Kerl liebt, Mary«, wendet Donna ein.

»Er hat es nicht verdient.«

»Was habt ihr mir sagen wollen?«, fragt Donna dann, »es geht doch nicht nur um ein gemütliches Treffen.«

»Nein, ich habe etwas gefunden, das will ich euch zeigen.« Emerita kramt in ihrer großen Tasche und holt ein Gebilde aus blankem Edelstahl hervor. »Hab ich bei Beate Uhse bestellt.«

»Ein Keuschheitsgürtel! Gehört der jetzt zu deinem Angebot für Freier?« Donna betrachtet das Gebilde ungläubig.

»Nur für einen«, beteuert Emerita. »Mary hat versprochen, diesen einen Herrn anzurufen, die Reumütige zu spielen und ihn in ihre Wohnung zum Essen einzuladen.«

»Und euch dazu«, ergänzt Mary. »Wir kennen uns doch aus mit den Mittelchen, die man in Getränke mischt, für einen angenehmen Tiefschlaf.«

»Und dann ...?«

»... werden wir ihm, wenn er friedlich schläft, das Folterding anlegen, als Strafe für all die inneren und äußeren Verletzungen. Den Schlüssel lasse ich verschwinden.«

»Und weiter?«

»Das erklär ich euch dann. Ist das nicht toll, dass es Beate Uhse gibt. Sie sponsert das Love-and-Peace-Festival für Jimi Hendrix auf Fehmarn, da konnte ich doch auch etwas zu Love and Peace beitragen.«

»Wird er zusagen?«

»Wenn's klappt, ruf ich euch an.«

Emerita und Donna nicken.

Dann schweigen sie. Jede hat so ihre eigenen Vorstellungen, wie der Ablauf sein könnte. Das Unternehmen Keuschheitsgürtel würde gelingen.

»Seine Massagesalons können wir doch auch allein betreiben.« Da sind die drei sich einig.

Sie schmunzeln in sich hinein und dann wird aus dem Schmunzeln unvermittelt ein johlendes Gelächter.

- 43 -
Amtshilfe

Eigentlich ist es gar nicht schwer, sich in die Denkseite von Wichtigtuern und Gaunern hineinzuversetzen. Damit hatte er schon manchmal Erfolg. Wer möchte nicht geliebt, bewundert und beneidet werden? Und so viel Geld verdienen, dass er sich mehr leisten kann als der Nachbar: ein größeres Auto, eine Villa, einen Urlaub da, wo noch niemand von den Freunden war. Den Großfatz spielen. Das lässt sie oft vergessen, dass die Methoden, das Ziel zu erreichen, gegen Gesetze verstoßen und andere Menschen schädigen.

Hauptmeister Schulte sitzt an seinem Schreibtisch, blättert ab und zu in seinen Berichten und notiert etwas auf einem Zettel. Irgendwann greift er zum Telefonhörer und fordert die Liste von allen roten Fahrzeugen im Umkreis an. Warum, verflixt noch mal, war es kein weißes? Dann würde alles einen Sinn ergeben. Er kann dabei die Kleinwagen weggelassen und auch die japanischen Modelle. Eines dieser roten Fahrzeuge muss Schäden an der Karosserie haben, rechts. Eine Tüte mit roten Lacksplittern liegt vor ihm.

Es macht ihm richtig Freude, bei seinen Befragungen so unterschiedlichen Menschen zu begegnen: »Lüüd, de klamm sünd, aalglatt, afgünstig, ok maal een in Respektkledaaschen. Sogar een Achterloder ist dorbi.«

Aber er muss noch eine Weile weiter kombinieren. Manchmal wird ein rotes Auto gestohlen gemeldet, das ist nicht der Fall. Manchmal wird es in einer Werkstatt runderneuert und bekommt eine andere Farbe. Das ist auch nicht der Fall. Es genügt ja, den Kotflügel zu erneuern und dann rote Farbe drauf und fertig. Er macht sich auf den Weg in die Lackiererei, sie gehört seinem Kumpel. Zeigt ihm die Lacksplitter.

»Die Farbe hab ich neulich gespritzt, nicht lange her, rechte Seite, die Tür. Neues Modell. Passt genau.« Er bekommt den Namen des Kunden, ein Kennzeichen hat das Neufahrzeug noch nicht.

»Wo steht das Auto jetzt?«

Der Kumpel schaut verschmitzt und weiß: »Ist wieder eingereiht zwischen Neufahrzeugen auf dem Hof, ich mach immer ordentliche Arbeit.«

Als er gehen will, fällt ihm noch etwas ein: »Sag mal, kannst du für een seute Deern auch so eine Beifahrertür neu lackieren? Ist Papas Auto.«

»Dafür übernimmst du aber die nächste Rechnung für den Stammtisch. Geht das klar?«

»Mehr as supen, bet se duun vun'n Stohl fallt, geit ja nich.« –

Dann macht er einen gut durchdachten Besuch.

Die Gewissheit, dass er weiß, dass sie weiß, dass er alles weiß, führt dazu, dass er die Auskünfte bekommt, die er braucht. Und das sind nicht nur die zwei Adressen der vermeintlichen Wellness-Hotels, das sind Geständnisse, weil für Lügen im Kopf kein Platz mehr ist. Geständnisse, entlockt von einer Amtsperson in Uniform und mit einem Blick, der eine lebenslängliche Haft prophezeit, wenn auch nur das Geringste verschwiegen wird. Dank muss nicht sein, nur noch der Vermerk: »Anropen un rümsludern, dat geit nu nich mehr.«

Er hat nun klar vor Augen, wer der Übeltäter ist, aber wo er ist, das wusste sie wirklich nicht. Er weiß es auch nicht. Das würde sich bei der Razzia herausstellen. Hoffentlich.

Weil es ihm sicherer ist als das Diensttelefon, nutzt er eine Telefonzelle weiter weg, um die Sitte anzurufen. Er gibt die Erkenntnisse an Wolfgang durch, der gar nicht so schnell mitschreiben kann. »Een lütten Pott kookt licht över«, resümiert er am Schluss. Bevor Wolfgang nachfragen kann, was er damit meint und wie man das richtig schreibt, hat Hauptmeister Schulte schon aufgelegt. Der Kripomann konnte sich nicht mal bedanken.

Dann fährt der Hauptmeister nach Hause. Ein richtig gutes Mittagessen hat er sich verdient. Aber eigentlich ist das immer gut, was seine Frau kocht. Bis auf Spaghetti Carbonara mit Parmesan. Eier und Speck isst er doch lieber ohne diese Nudeln und diesen Käse.

Ein Fall vom Kiez und er ist daran beteiligt, ihn zu lösen. Seine Frau würde ihm das nie glauben.

- 44 -
Ankunft Airport

Am frühen Morgen ruft Donna an. Wolfgang nimmt, kaum eingetreten, den Hörer ab.

»Küken-Kalle kommt heute gegen Mittag in Fuhlsbüttel an, mit der Maschine aus Ibiza.«

Er schafft es schon wieder nicht, sich zu bedanken, so schnell hat sie aufgelegt.

Wolfgang und Burkhard warten direkt am Durchgang. Draußen steht Verstärkung und ein Peterwagen mit Besatzung. Der Kontrolleur für die Ausweise ist eingeweiht. Aber mit dem echten Pass wird er kaum unterwegs sein.

Burkhard erkennt ihn sofort. Es ist tatsächlich der Mann auf dem Foto, das sie in Yvonnes Tasche gefunden haben. Glück muss man auch mal haben.

Als Küken-Kalle an ihnen vorbeigehen will, nehmen die beiden Beamten ihn in die Mitte. Burkhard greift sich die Reisetasche und Wolfgang tastet ihn nach Waffen ab. Besser sofort. Das Rudel der Ankommenden kümmert das wenig, alle wollen ihre Mitbringsel und sich selbst so schnell wie möglich zollfrei durchschleusen.

Küken-Kalle ist so verblüfft, dass er nicht mal protestiert.

»Mein Gepäck …«

»… holt ein anderer ab. Wir gehen jetzt erst mal ganz in Ruhe nach draußen. Da steht auch gleich das Taxi von der Polizei. Ist ja immer so schwierig, eines zu bekommen, wenn gerade ein Flieger angekommen ist.«

»Was soll diese Überrumpelung?« Ein österreichischer Dialekt. Küss die Hand, gnäd'ge Frau. Ah, der Herr Doktor gibt sich auch die Ehre. So ungefähr.

»Es ist nur eine Befragung. Sie werden unseren Verdacht gewiss widerlegen können.«

Auf dem Weg in die Wache herrscht Schweigen, höchstens unmutiges Grummeln ist vom Rücksitz zu vernehmen. Bei Küken-Kalle könnte sich auch spontan ein cleverer Fluchtplan im Kopf zusammenbrauen.

Erst mal kann der Zeuge sich in der Zelle ein wenig vom Flug ausruhen und schon mal überlegen, was er auf Fragen antworten kann, ohne sich selbst reinzureißen. Das denkt Wolfgang nur, Kalle weiß es auch so.

Dann beginnt im engen Raum die Befragung, Wolfgang und Burkhard gegen den bärtigen Schrank mit verbrannter Glatze. Ibizas Sonne kennt kein Erbarmen.

»Ihnen wird vorgeworfen, für den Tod einer Siebzehnjährigen verantwortlich zu sein, durch Gabe einer Überdosis von Betäubungsmitteln. Wir wissen, dass Sie der Geschäftspartner von Frau Böttcher und vor ihrem Tod auch von der

Minderjährigen in deren Apartment sind.« So formuliert Wolfgang das wirklich.

»Frau wer? Und woher sollte ich sie kennen?«

»Sie sind doch informiert über die Inhaftierung von Frau Böttcher. Jetzt filmen sie hier mal nicht rum.«

»Warum sollte ich?«

»Spricht sich rum. Wenn Sie jetzt endlich mit der Wahrheit rausrücken, könnte Frau Böttcher entlassen werden. In der Haft bringt sie ja für Sie nichts ein.«

Weiß er, dass sie bereits in Freiheit ist? Dann würde er doch auf diese falsche Information reagieren. Küken-Kalle verzieht keine Miene. »Ich habe bereits gesagt, dass ich weder die Frau noch das Mädchen kenne.«

»Wir haben Ihre Fingerabdrücke gefunden, auch Spuren von Haut und Abdrücke Ihrer Schuhe«, blufft Burkhard.

»Klar, ich war vorher mal drinnen, im Apartment, ein Mädchen habe ich da nie gesehen.«

Aha, ein Stückchen weiter ist das ja schon. »Sie kennen also Frau Böttcher nun plötzlich doch. Dann kennen Sie auch das Mädchen und können nun ruhig gestehen, was Sie verbockt haben. Erleichtern Sie Ihr Gewissen.«

Burkhard zeigt Küken-Kalle das Foto. »War doch ein netter und erfolgreicher Urlaub. Von der Schulbank ins Eros-Center, eine Abiturientin wird Hure.«

Kalle wird blass unter seiner gebräunten Haut. »Ich habe sie nicht umgebracht.«

»Wer denn dann? Da wäre dann auch noch das Mädchen Franziska, dass Sie unter einem Baugerüst abgelegt haben. Tote bringen nichts mehr ein, nur Ärger und gesiebte Luft.«

Küken-Kalle schweigt. Da jemanden reinzureißen ist gefährlich und nützt auch nichts. Er muss so oder so ins UG. Die Beamten wissen, dass er es weiß.

»Überlegen Sie nicht lange. Sie könnten ihre Haftzeit verkürzen, wenn Sie uns eine unversehrte Julia präsentieren.«

Kalle horcht auf. »Ich habe diese Namen nie gehört.«

»Lassen wir die Morddrohung gegen eine Polizistin, die zerkratzte Karosserie und den Unfall zunächst mal außen vor.«

»Häh? Was wollen sie mir da noch alles in die Schuhe schieben?«

Was für einen Wagen fahren Sie?«

»Einen alten Renault.«

»Damit macht man ja keinen Eindruck. Kann es sein, dass sie sich mal einen Mercedes für Ihre Touren ausleihen?«

Jetzt wird es für Küken-Kalle doch unbequem. »Okay, ich besorge schon mal Nachschub. Ich muss ja auch von irgendwas leben. Andere besorgen Rauschgift, ich eben Mädchen. Und die sind froh, dass sie endlich was verdienen und sich

Luxus leisten können. Alles auf freiwilliger Basis. Aber einen Mord können sie mir nicht anhängen.«

»Schluss mit dem Gesülze.« Wolfgang kann das nicht mehr hören. Ab mit ihm in die Zelle.

»Der hat so eine Angst vorm Knast, dass wir schon schnell mehr erfahren werden.«

Aber auch einer wie Wolfgang kann sich irren.

- 45 -
Razzia

Die Bereitschaftspolizisten sind bereit, so heißen sie schließlich. Und auch noch gleichzeitig in der Heide und an der Elbe. Überraschender Einsatz an einem lauen Sommerabend, mit großer Besetzung. Zu verdanken haben sie das einem Dorfpolizisten. Aber es geht ja nicht nur um die Festnahme eines Luden, es geht um Mord, versuchten Mord und die Rettung eines Mädchens.

Am Abend fährt dieser Hauptmeister Schulte in die Heide. Er ist mächtig stolz auf sich und gespannt auf die Razzia. Das Schauspiel will er sich nicht entgehen lassen.

Vor dem vermeintlichen Wellness-Hotel sieht er keine Einsatzfahrzeuge, aber vor dem Hoteleingang stehen einige Männer in T-Shirt und Jeans, denen er schon an der Haltung ansieht, dass sie Polizisten sind.

Der Einsatzleiter verschafft sich einen Überblick. Die Tiefgarage hat nur noch zwei freie Parkplätze. Die Fahrzeuge haben Kennzeichen wie HH, PI, LG und UE. Das Foyer ist gut gefüllt. Sommerparty mit verlockenden Angeboten.

Dann kommt Bewegung in die Szene. Die Polizeifahrzeuge besetzen den Parkplatz vor dem Hotel, die Einsatzkräfte umstellen das Gebäude, besetzen alle Hinter- und Nebeneingänge und die Fensterfront, lückenlos. Auch den Parkplatz in der Tiefgarage. Flink und lautlos, bevor jemand drinnen reagieren kann. Die anderen kümmern sich um die Innenräume, den Saal und die Zimmer in der ersten Etage. Dem dörflichen Polizeihauptmeister kommt es vor wie die Eroberung der Bastille. Ab und zu geht irgendwo ein weiteres Licht in einem Fenster an, er hört dunkle Männerstimmen. Türen schlagen zu. Einige Gäste werden zum Polizeitransporter gebracht, zur weiteren Überprüfung oder Durchsuchung, einige andere dürfen schon Party, Hotel und die Tiefgarage mit dem Auto verlassen.

Perfekt. Schulte hält sich hinter einem Rosenbusch auf. Ein Betrunkener schaukelt ihm entgegen. »Dom Périgon«, nuschelt der, schwingt die Flasche und singt, einem Mezzosopran kaum ähnlich: »Wer mir beim Trinken nicht pariert, sich zieret wie ein Tropf, dem werfe ich ganz ungeniert die Flasche an den Kopf …« Dann verbeugt er sich. »Gestatten, Prinz Orlofsky, Fledermaus von Johann Strauß. Ups.« Er zielt mit der Flasche auf den Hauptmeister, verliert das Gleichgewicht, fällt in die Rosensträucher und muss den Weg zur grünen Minna nicht mehr auf eigenen Füßen zurücklegen.

Kleine Beutel mit weißem Pulver werden sichergestellt. Wankende Autofahrer, die mit ihrem Fahrzeug entwischen wollen, müssen pusten und den Führerschein abgeben, eine Person wird polizeilich gesucht und festgenommen. Doch weder der dringend gesuchte Tatverdächtige noch Julia werden gefunden.

Man kann Gesuchte nicht finden, wenn sie sich an einem anderen Ort befinden. Das ist enttäuschend, aber auch so etwas wie Murphys Gesetz.

Das gilt auch für das Hotel am Ufer der ruhig dahinfließenden Elbe.

Hajo wird später Henrike berichten, wie das so war mit dem Einsatz: Ein Überangebot von geschminkten Gesichtern, an Brillanten, Haarteilen und nackter Haut. Dafür ausgebeulte Jacketts durch dicke Brieftaschen bei den Herren. Manch einem war das Erfassen mit Foto und Fingerabdrücken schon vertraut aus der bewegten Vergangenheit.

Doch vom Keller bis zum Obergeschoss: kein Verdächtiger, keine Julia.

- 46 -
Keusche Party

Emerita, Mary und Donna hätten an diesem Abend sagen können, wo der vergeblich Gesuchte sich befindet. Der hübsche Jüngling, unschuldig schauend wie ein kleines Kind, sitzt am Tisch mit drei Damen und genießt sein Hühnchen nach Bombay-Art. Es ist Mary heute besonders gut gelungen. Beflissen achten die Damen darauf, dass er auch trinkt. Emerita füllt sein Glas immer wieder nach, aus einer abseits stehenden Flasche. Der Gast bemerkt nichts. Er ist glücklich. Die drei Damen nehmen ihm nichts übel, keine hat ihn verpetzt oder gar angezeigt. Dann beobachten sie, dass ihr Gast müde wird. Schließlich sackt sein Kopf in die Nachspeise: süße Wölkchen auf Pfirsich-Kokos-Soße. Wenigstens die hätten sie ihm noch gegönnt.

Sie streifen Handschuhe über, wie Spurensucher sie tragen. Emerita hat ein Paket von diesen gepuderten Dingern besorgt.

Zum Glück ist er nicht so kompakt und unhandlich gebaut wie sein Kumpel Küken-Kalle. Eher zartsehnig und leicht zu transportieren. Sie lassen ihn einfach auf den Teppich gleiten, ziehen ihm die dunkle Hose vom Leib, dann die geblümte Unterhose Marke Kai-Uwe.

Das Metall des Keuschheitsgürtels fühlt sich kalt an, hoffentlich wird er davon nicht wieder munter. Sie warten ein wenig ab. Nein, er schläft friedlich weiter. Sie zwängen sein bestes Stück, im Moment kaum fassbar, in die passende Position und schließen das Foltergebilde gewissenhaft zu.

Eine Weile beraten sie, ob sie ihm die Hose wieder überstreifen sollen und entschließen sich dazu. Das sieht einfach besser aus und macht es weniger peinlich, wenn sie wirklich jemand draußen überrascht. Oder wenn er nach dem Aufwachen spontan aus dem Mercedes flieht.

Eine hebt sein Gesäß an, die anderen beiden ziehen an der Hose, eine rechts, die andere links. Es ist so schwierig, dass sie beinahe aufgeben. Dann ist es geschafft.

Mary steht Schmiere auf dem Flur, den Autoschlüssel in der Hand, Emerita und Donna schleppen schwer. Zum Glück hat er in der Nähe geparkt. Sie asten ihn auf den Rücksitz und Mary fährt das Auto in die Kastanienallee. Niemand zu sehen dort um diese Zeit. Sie überlegt kurz, ob sie den Wagen abschließen soll, lässt es dann aber sein und steckt den Autoschlüssel ins Handschuhfach. Wer klaut schon einen Mercedes mit einer vermeintlichen Leiche.

Auf dem Weg nach Hause wirft Emerita den Schlüssel am Ballindamm in die Binnenalster.

- 47 -
Schulte lächelt

Manni ist nicht so leicht umzuhauen. Keine Gehirnerschütterung, nur noch ein Pflaster auf der Stirn. Seine Eltern holen ihn aus dem Uelzener Krankenhaus ab. Er möchte sich noch von Herrn Schulte verabschieden und sich bedanken. Der Dorfgendarm freut sich, ihn munter zu sehen, antwortet auf Fragen, kann aber auch vielsagend schweigen.

Manni möchte noch den Opel von Henrikes Papa sehen. Sind die Kratzer schlimm? Der Schaden müsste noch in Ordnung gebracht werden, bevor der Vater zurückkommt. Herr Schulte kann die Garage aufschließen, weil er den Schlüssel von Henrike bekommen hat.

»Da ist ja gar nichts zu sehen, wie schön.« Wie das angehen kann, wird Manni erst später richtig einordnen. Er bemerkt, dass der Hauptmeister schmunzelt. Aber warum?

»Die Suzuki ist wohl hin, und ein Auto ist auch besser, es hat wenigstens ein Verdeck und Blech drumrum.« Mehr kann der Dorfpolizist für die arme Deern jetzt nicht tun.

Herr Schulte schreibt ihm ein Hamburger Autokennzeichen auf, mit drei Sechsen, sagt ihm dazu die Farbe und die Marke. Könnte ja sein, dass ihm das Fahrzeug im Dienst mal auffällt. Manni schaut drauf und steckt den Zettel in sein Notizbuch. So ganz einwandfrei arbeitet sein Kopf nach dem Unfall auch in diesem Fall noch nicht. Er verbindet Gesehenes nicht mit Vorgängen im Dienst, die über ein halbes Jahr her sind und verarbeitet vorrangig Aktuelles, zum Beispiel: Das Fahrzeug des Unfallverursachers war rot.

Zum Abschied versprechen Mannis Eltern, mal Urlaub in der Lüneburger Heide zu machen.

»Es soll ja gute Hotels geben, mit Angeboten für Massagen und Bäder für meinen lädierten Rückens«, sagt Vater Hermann.

Warum Herr Schulte jetzt schmunzelt, das weiß Manni.

Dann fahren sie zu dritt glücklich zurück nach Hamburg.

- 48 -

Frauen ahnen

Henrike hat schon wieder so eine Idee, ein weibliches Gespür. »Wir sollten uns das Eros-Center noch mal genauer ansehen. Denk mal wie ein Lude, Wolfgang, ganz schlicht. Er macht das, worauf Polizisten nicht kommen. Er bleibt dort, wo sie ihn nie suchen würden, am alten Platz.«

»Du meinst, im Eros-Center?«

»Ja.«

»Das hätte Donna mir gesagt.«

»Nein, das hätte sie nicht gewagt, andere auch nicht.«

»Du meinst, er kann nur da weitermachen, weil alles andere, was er sonst noch macht, das mit diesen Hotels, kontrolliert wird und sowieso nur Schulden verursacht hat?«

»Er hat zu viel in zwei Freudenhäuser investiert, die nicht mal was einbringen. Es muss ja weiter Geld reinkommen. Ihr habt herausgefunden, dass Maria Böttcher sich selbständig gemacht hat. Auch bei ihr kann er nichts mehr holen. «

Burkhard kommt ins Besprechungszimmer. Wolfgang erklärt ihm das Denken eines Luden aus der Sicht von Henrike.

»Kommst du da mit?«

»Gedanklich?«

»Nee, real, ins Eros-Center. Jetzt gleich.«

Wolfgang und Burkhard hatten durchaus Erfolge beim Lösen von schweren Fällen wie schwerem Diebstahl, schwerer Körperverletzung, schwerer Sachbeschädigung und mit schweren Jungs. Aber dieser Fall scheint unlösbar zu sein, der Übeltäter ist verschwunden.

»Ich komme mit, warum auch nicht?«, sagt er deshalb. »Was anderes fällt mir auch nicht mehr ein.«

So geht Henrike mit den Kollegen über den Kontakthof, wie zuvor mit Jürgen und Udo, als sie Frau Böttcher verhaften wollten. Sie kontrollieren Gang für Gang, Apartment für Apartment.

Was soll das bringen, sagt Burkhards Gesicht. Henrike zieht die Schultern hoch. Was heißen soll: Das weiß ich auch nicht.

Sie stapfen weiter und wieder zurück.

Da hört Henrike Musik, eine vertraute Melodie – sie verharrt, lauscht. Wie magisch angezogen geht sie den Tönen nach. Eine vertraute peruanische Volksweise.

»Hört ihr das?«

»Nein, was denn?«

»Jemand spielt auf einer Panflöte.«

»El cóndor pasa«, sagt Wolfgang.

»Ja, genau.«

Sie horchen an Türen.

»Hier ist es.«

Henrike zieht vorsichtig am Griff. Das Apartment ist abgeschlossen.

Burkhard hat längst verstanden, ist losgelaufen und kommt mit dem Wirtschafter zurück.

»Wir müssen da rein.«

Der Wirtschafter schüttelt den Kopf. »Könnte sein, dass da gerade ein Gast ist.«

»Eher nicht. Da spielt nur jemand auf einer anderen Flöte.«

Der Wirtschafter zögert, er weiß nicht, was er davon halten soll. Dann schließt er auf.

Im Wohnraum ist niemand.

»Wir sind falsch.«

»Nein, wer da spielt, kann sich versteckt haben und will erst wissen, wer da reinkommt.«

Henrike ruft leise, öffnet die Badezimmertür.

Und da steht sie vor ihr. Julia! Noch blasser, noch zarter. Sie fällt Henrike in die Arme und lässt sie gefühlte Stunden nicht los. Schluchzt, stottert endlich ein paar Worte: »Ich hab dich unten gesehen. Aber ich komme hier nicht raus. Da fiel mir unser Lied ein. Ich wusste, du würdest es hören und erkennen.«

»Ja – Los Incas – unser Lied.«

Henrike entlässt Julia aus ihren Armen. Sie kann und will nichts fragen, es wäre der falsche Moment. Aber eines möchte sie wissen: »Hast du versucht, deine Mutter anzurufen?«

»Ja, aber es wurde mir rigoros verweigert, wie alles andere auch.«

Dann packen sie Julias Sachen zusammen, Wolfgang trägt die Tasche, gemeinsam verlassen sie das Eros-Center, ohne sich um neugierige Blicke zu kümmern. Burkhard bleibt im Apartment und wartet auf Kuddel und Fiete.

Die Befragungen beginnen von vorn.

Was hat Julia ertragen müssen? Ist sie stark genug, um das Erlebte zu verarbeiten? In der Wache ruft Wolfgang eine Psychologin an. Julia wird in ihre Obhut genommen.

Für eine Betreuung haben Spezialisten mehr Talent und Kraft. Später will Henrike Cornelia anrufen, sie muss erst über die richtigen Worte nachdenken. Jetzt hat sie das Bedürfnis, mit Herrn Schulte zu reden, sofort. Und es hilft. Sie weiß, was sie ihm zu verdanken hat.

»Das ist das Wichtigste, dass du sie gefunden hast, min Deern.« Mehr sagt er nicht. Es ist ihm immer noch ein Rätsel, wo dieser Tobby sich versteckt hält. Das weiß nicht mal Cornelia. Er glaubt es ihr.

Und Henrike sitzt still da und denkt nach. Wie mag Julia zumute gewesen sein, als sie ihrem zukünftigen Stiefvater so unverhofft gegenüberstand, dem Partner ihrer Mutter? Mehr als erschrocken. Entsetzt. Zu erkennen, wer er wirklich war, was er geplant hatte. Ein rücksichtsloser Lude, der keine Skrupel hatte, sie und ihre Mutter für seine Machenschaften auszunutzen. Dazu dieses Gefühl, ihm ausgeliefert zu sein. Nicht in ihr Zimmer verschwinden zu können wie es nur zu Hause möglich war.

»Wird sie mit all dem fertig werden?«, hat sie Herrn Schulte gefragt, dann Wolfgang.

»Das werden wir erst später wissen. Oder gar nicht, weil sie es verdrängt.«

Henrike hat immer noch die sanften Töne der Panflöte im Ohr.

Eine Melodie, die Julia das Leben gerettet hat.

- 49 -
Schlüsseldienst?

Er wacht auf und schaut um sich. Wo ist er? Warum liegt er hier in einem Auto auf dem Rücksitz? Es ist sein Auto! Was drückt da so? Er tastet den Unterkörper ab, öffnet die Hose. Was da im Wege ist, fühlt sich kalt und hart an. Und es glänzt. Benommen setzt er sich auf. Da wird es ihm bewusst. Er kennt diese Dinger. Auf Keuschheit kommt es jetzt allerdings nicht an, er bangt um seinen wichtigsten Körperteil. Ist er noch dran?

Diese Weiber! Er ist auf sie hereingefallen. Deshalb also die Einladung, deshalb das oftmalige Zuprosten.

Was tun? Wie wird er das Ding wieder los? Er braucht den Schlüssel. Sucht den Rücksitz ab, schaut ins Handschuhfach. Natürlich ist er da nicht. Für alle, die er um Hilfe bitten würde, wäre er die reinste Lachnummer. Dazu auf dem Kiez. Wo sonst? Ein Fall für die Boulevard-Zeitung.

Er schließt die Hose, zieht die Jacke an. Zu kurz. Sie verdeckt nichts.

Kastanienallee. Auch dabei haben diese Huren sich etwas gedacht. Die Davidwache ist um die Ecke. Da wird man ihn von diesem drückenden Monstrum befreien. Die sind von Berufs wegen dazu verpflichtet, ihm zu helfen. Und doch wohl zum Schweigen verpflichtet …?

Niemand weiß dort, wer er ist. Der eine, der ihn mal gesehen hat, dieser Manni, ist entweder kurz vor der Verwesung oder wird im Krankenhaus mühsam zusammengeflickt, so wie der aus der Kurve geflogen ist.

Da war noch seine Freundin, die Blondine, die hatte ihn ja nie gesehen. Mit Blondinen wird er fertig. Je blonder, desto dümmer.

Er klopft zur Kontrolle auf die linke Brustseite und fühlt sich sofort sicherer. Ja, die P38 steckt in der Innentasche. Mit der ist er allen Bullen überlegen.

*

Jürgen schaut auf, als die Eingangstür zur Wache klackt. Ein vertrautes Geräusch. Der sieht ja jämmerlich aus, ist sein erster Gedanke.

»Was kann ich für Sie tun?«

»Ich brauche einen Schlüssel.«

»Haben Sie Ihren verloren? Dafür gibt es doch Schlüsseldienste.«

Henrike kommt vorbei und stockt. Wo hat sie diesen Mann schon einmal gesehen, aber lächelnd?

Ihr fällt die Warnung des Polizeilehrers ein, dass selbst ein harmlos aussehender Mann plötzlich seine Waffe ziehen und sie benutzen kann. Auch diese Elendsfigur. Was will er? Warum ist er hier?

Da weiß sie auf einmal, wo sie ihn gesehen hat. Auf einem Foto, in einem Regal, im Wohnzimmer von Cornelia, lächelnd neben Julia. Sie ist sicher. Das ist Cornelias Partner, Julias angehender Stiefvater, der mit dem Autohaus in Uelzen.

Da ist sie doch gewesen, am Fischerhof in Uelzen. Und Manni einige Tage danach. Gesehen haben sie ihn dort beide nicht. Aber er muss dagewesen sein, war ihr in die Heide gefolgt, hatte die Drohung angebracht, das Auto zerkratzt. Hatte vielleicht sogar diesen Schuss abgegeben. Und einige Tage später war er Manni gefolgt, auf dem Weg zurück von Uelzen, bis zur Kurve. Mit dem Vorsatz, ihn in den Graben zu drängen.

Ja, aber was dann noch alles …! Ihr fehlt die Luft zum Atmen. Endlich besinnt sie sich, wie Sprechen eigentlich geht, zieht Jürgen die wenigen Schritte in den nahen Aufenthaltsraum.

»Der wird gesucht … der ist bewaffnet.«

Zum Glück ist Manni zu einem Einsatz unterwegs. Jetzt ist auch Udo aufmerksam geworden. Er lenkt den Mann ab, während Jürgen um den Tresen herumgeht und sich hinter ihn stellt.

»Möchten Sie eine Anzeige machen?«, fragt Udo.

»Ja, das auch, gegen drei Huren, aber erst den Schlüssel.«

Da kommt Manni die Treppe hoch, Henrike sieht ihn durch die Glastür. In dem Moment ist auch Udo um den Tresen herumgeeilt, packt die Arme des Mannes, als der schon in die Jacke greifen will – und Jürgen zieht eine P38 aus der Innentasche.

Dann bringen die beiden das Bündel um den Tresen herum in den kleinen Wachraum. Bei der peinlich genauen Leibesvisitation tastet Jürgen den Unterkörper ab, fühlt etwas Hartes, weiß erst beim Hinsehen, was es ist und kann sich bei allem Ernst der Lage ein Grinsen nicht verkneifen.

Der Erste Wachhabende ist irgendwo, nur nicht in der Nähe. Karl verharrt reglos auf seinem Platz vor dem Asservatenbuch und schaut auf die Kollegen und diesen Hänfling, ebenso Manni.

»Ich brauche einen Schlüssel«, hört er ihn sagen.

»Den habe ich Ihnen doch Silvester schon gegeben«, sagt Manni. Erkennt ihn jetzt, obwohl er die imposante Sonnenbrille nicht trägt wie am Silvesterabend. Er muss gar nicht in sein Merkbuch gucken. Er weiß seinen Namen, er kennt sein Auto, sogar das Kennzeichen weiß er wieder. Es ist das, welches ihm Herr Schulte aufgeschrieben hat.

Da fasst Manni sich an den Kopf und verzieht das Gesicht. Die Stelle an der Stirn tut immer noch weh. Er schaut auf Henrike. »Das ist … ach du meine Güte, das hätten wir einfacher haben können.«

»Ja, hätten wir«, sagt Henrike. »Das ist also Tobby, Locken-Tobby. Der Möchtegernlude, schlicht Tobias Meier.«

Es gibt sicher etliche, die einen Grund haben, sich für die schlechte Behandlung dieses Luden zu revanchieren, sogar die Frau, die ihn gern geheiratet hätte. Wer diese geniale Idee hatte, ihn derart zu verpacken, kann leider nicht nachgewiesen werden. Henrike findet das in Ordnung.

Jürgen legt die Handfesseln wieder an. Auch den lästigen Gürtel muss der Festgenommene noch eine Weile ertragen. Bei Wolfgangs und Burkhards Vernehmung. Das macht gesprächiger.

»Da wird einiges zusammenkommen an Jahren, wenn der Richter ins Strafgesetzbuch schaut«, verkündet der Kripobeamte nach dem Verhör. Trost spenden konnte Wolfgang schon immer gut.

Und wenn er diesen Tobby so anschaut, versteht er nun auch den Spruch des Polizeihauptmeisters Schulte:

Een lütten Pott kokt licht över.

- 50 -
Auch das noch

Henrike ist wieder im Alltagstrott. – Der Erste Wachhabende rührt in seinem Pfefferminztee, zwei gehäufte Teelöffel Zucker müssen sein. Dann rührt er wieder.

»Möchten Sie auch einen? Ihnen ist doch auch übel, aber aus einem anderen Grund.« Er schaut sie ernst an. Nein, nicht ernst, sondern wissend.

»Stimmt. Keine Erkältung, nichts Falsches gegessen. Liegt sicher an der ganzen Aufregung in den letzten Wochen.«

»Schieben Sie das nicht auf mich. Ich bin unschuldig.«

»Aber …«

»Man sieht es am Gesicht.«

»Ich bin immer etwas blass.«

»Genauer gesagt, man sieht es an der Stirn. Ich kenne mich da aus, ich habe eine Ehefrau und drei Kinder.«

Henrike steht da wie ein Fragezeichen.

»Mädchen«, sagt er leise, und schaut sich vergewissernd um – niemand ist in der Nähe. »Du bist schwanger.«

Es tut ihr gut, dass er sie geduzt hat, wie seine eigene Tochter. Und was er sagt, könnte sogar stimmen.

Manni kommt dazu.

»Habt ihr euch schon einen Namen überlegt?«, fragt ihn sein Vorgesetzter.

Jetzt ist auch Manni ein Fragezeichen.

Henrike guckt milde. »Dein Vorgesetzter ist der Ansicht … er meint, dass du Vater wirst. Deshalb meine Übelkeit.«

Der Wachhabende schiebt Manni einen Stuhl hin, bevor er umfallen kann. »Der werdende Vater muss jetzt geschont werden.«

Manni schiebt den Stuhl weiter zu Henrike. »Eher Henrike.«

Sie protestiert. »Eine Schwangerschaft ist keine Krankheit.«

Umarmen im Dienst? Das geht gar nicht.

*

Der Facharzt am Niendorfer Markt nickt, lächelt und bestätigt, was Henrike schon wusste. Dr. Hüllemann, wie passend, oder doch nicht. Henrike ist sich sicher: Es wird ein Mädchen.

Auf dem Rückweg im Bus macht sie eine Liste, was alles erledigt werden muss: Kinderzimmer einrichten, umziehen, heiraten, die Reihenfolge gerät durcheinander. Erst die Wohnung: Ein Hamburger Abendblatt, eher ein Morgenblatt, schon vor dem Aufstehen am Hauptbahnhof kaufen, Anzeigen anstreichen, zur Telefonzelle hasten. Das kann über Wochen so gehen.

Zurück, scheint Frau Heuer auf sie gewartet zu haben. »Meine Nachbarn ziehen aus, so nette bekomme ich nie wieder«, sagt sie traurig, »die das Haus versorgen, Blumen gießen, Rasen mähen. Ich kann nicht mehr in Urlaub fahren. Sie suchen schon Nachmieter. Und ich werde die Kleinen vermissen.«

»Warum denn in die Ferne schweifen, das Glück liegt doch so nah«, sagt Henrike und Frau Heuer versteht nicht, warum sie über ihren Kummer lachen kann. Dann aber doch. Nach einer Stunde ist alles geregelt: Freude bei Henrike auf eine Wohnung, Freude bei Frau Heuer auf einen neuen Einsatz als Ersatzoma.

*

Die Kolleginnen sitzen zusammen oben im Aufenthaltsraum. Es gibt Kuchen, jemand hat Geburtstag. Henrike fungiert dann meistens im Dienstzimmer als Wachposten. Heute nicht.

Sie atmet kurz durch und erklärt ihre Umstände.Besser gleich, bevor der Dienstplan gemacht wird.

Die Kolleginnen jubeln.

»Natürlich wird es ein Mädchen. Welchen Namen geben wir ihr denn?« Alle überlegen.

»Sabrina.«

»Ja, schön. Sabrina, nach der Schutzpatronin für Jungfrauen in Not.«

»Sie wird bestimmt eine tolle Polizistin.«

»Oh, da gibt es ein Problem«, sagt die Vorgesetzte. »Das ist zu früh.«

»Das lässt sich jetzt schlecht ändern.«

»Aber das Körbchen ist noch besetzt.«

Die Mandarinenkiste, mit blau-weiß karierter Umkleidung und Rüschendach, umgestaltet in einen Stubenwagen, ist seit Kriegsende im Einsatz, aber nur für Privilegierte, für den Nachwuchs der Polizistinnen. Die Kiste hält sicher noch viel länger als die WP.

»Bis dahin ist sie wieder frei. Auch Sabrina braucht neun Monate.«

»Wir möchten alle zum Polterabend eingeladen werden«, tönt es neben ihr.

»Ich werde Sie für die Zeit zum Festanstellungslehrgang in der Seilerstraße anmelden«, erklärt die Vorgesetzte.

Und dann singen die versammelten Polizistinnen, nun eher ein Frauenchor, weil sie das Lied von Hannes Priesterjahn, gesungen von Heidi Kabel, alle kennen:

Mit die höh're Schule is dat nix,
da kommt mein Kind nich rein.
Inne Seilerstraße lern' se auch ganz fix,
und wat soll dat mit Latein.

Manni hört es bis in den Umkleideraum und lächelt. Singende Polizistinnen soll man nicht stören. Und das macht er auch nicht.

* * * * * *
* * * *
*

Die Autorin Ingrid Weißmann

war in Hamburg tätig als Krankenschwester und Schutzpolizistin. Sie studierte Kultur- und Bildungsmanagement, war Mitbegründerin der Kabarettgruppe *Kernbeißer* und der Autorinnengruppen *Fabelhaft Fabulierende Frauen*, Norderstedt und *PRosarium*, Uetersen. Seit 1987 leitet sie Schreibwerkstätten.

Veröffentlichungen:

Lyrik und Kurzgeschichten beim WDR 4 und in Anthologien.

2004: »Bodenteich« Erzählung, Winsener Hefte, Verlag Hans Boldt, Winsen/Weimar
2005: »Liebe, Sax und kahle Köpfe«, Kriminalroman, Betzel Verlag, Nienburg
2011: »Ein Mord voraus«, Kriminalroman, Schardt Verlag, Oldenburg
2016: »Lyrische Einsichten«, Gedichte, Kadera-Verlag, Norderstedt
2020: »Rotlicht, Blaulicht und Henrike – 1970 auf Hamburgs sündiger Meile« Es ist der dritte Roman der Trilogie zur Ermittlerin Sabrina Sax, eine Rückschau auf das Jahr 1970, Sabrinas Geburtsjahr.

Auszeichnungen u.a.

1997: 2. Preis Lübecker Frauenliteraturpreis
1998: 2. Preis Deutsche Bibliotheksverband Berlin
Mitglied der Hamburger Autorenvereinigung